九歌少兒書房

行政院文化建設委員會 指導

本書榮獲第16屆現代少兒文學獎文建會特別獎

打芽灣的寶藏

鄭淑麗．著　李月玲．圖

評審委員推薦

楊小雲：（名作家）

永遠具吸引力的題材加上具獨創意的表現手法，成就了一個錯綜複雜的現代尋寶故事。結構完整，文筆流暢，人物個性鮮明，情節扣人心弦，結尾尤其精采。

向陽：（兒童文學名家）

作品以TANYA族祭典開場帶出TANYA族的傳說，匯集尋寶、古原住民族的神祕性、望族歷史，以及孩童的好奇心，一似《頑童歷險記》，帶出一群人的悲歡離合。作為少兒文學，這篇小說結構完整，情節豐富，人物鮮活，文筆流暢，能吸引讀者閱讀。

馮季眉：（國語日報總編輯）

祕境傳說、探險尋寶與家庭親情交織出的故事，十分引人入勝。這部小說，寫作技巧純熟，人物刻畫鮮明，情節緊湊，全無多餘的鋪陳，提供了一次愉悅的閱讀體驗。

全篇沒有刻意隱含的教育意味，但是箇中人物，無不善良、溫和、富同情心，最壞的不過就是人稱「張同學」的混混。作者具有一枝敦厚之筆，用溫暖的方式，寫出一個好看的故事。

關於我的夢（自序）

有天晚上，我做了一個夢。

五、六節開得慢吞吞的老式火車，緩緩地往遠方的山崖前進。那是沒有車窗、車門封閉的載貨車，鐵軌懸空架在山海之間，像一道彩虹。

我坐在車上，左右張望。往右邊望去，是一片湛藍的大海；而從左邊

看去，有一排小店，像是麵包店、修改衣服的裁縫店，還有一家舊舊的書店。

火車開得太慢了，讓我可以悠哉地下車逛逛。走進小書店裡，地上散落著好多書，蹲在書櫃前整理書籍的老闆回頭，我隱約看到了熟悉的身影。

我站在書櫃前，看著書架上的書，有些是曾經看過的。隔壁的裁縫車傳來卡啦卡啦的聲響，書店裡還飄著淡淡的麵包香。小鎮很寧靜，卻又有一點點忙碌。我回頭跳上車，火車朝前方的高山繼續前進。

夢中的小火車像是遊樂園裡的探險列車，帶我回味了令人懷念的童年

時光。於是，在一個陰天的午後，坐在返鄉的北迴列車上，看著霧氣迷濛的太平洋，我開始構思這個故事。

我的家鄉在花蓮，有著面對太平洋的美麗海岸。父母親以雕刻和販售玉石藝品維生。記得小時候，父親會帶我們到海邊去，指著立在海邊的石碑，說是他雕刻的作品。石碑上的文字，現在已不復記憶。不過，當時撫摸著石碑上的文字，望著父親，興奮和驕傲的心情還留在心底。

在網際網路還沒有興起的時代，花蓮位於所謂的「後山」，資訊算是相對落後的。小時候，父親經常幫我們郵購報紙上的童書，《魔衣櫥》、《二十個孩子的秘密》、《六十個父親》，任憑我們隨書名幻想隨意勾選，不曾剔除任何一本我們選中的書。

一兩個禮拜內，郵差伯伯送來新書包裹，我們就在騎樓下鋪著蓆子，在書堆中盡情享受著父親的溺愛和來自遠方的奇異幻想。

這些故事，豐富了我的童年生活；這些故事，也鼓舞了我長大後的日子。遇到挫折時，總有書中的角色溫暖著我，提醒著我自己是有人疼愛、有人栽培的孩子，再難過也要努力往前走才行。

《月芽灣的寶藏》一書中的孩子們，大多沒能在完整的家庭中成長，但也使得他們能夠更敏感而且更懂事地去面對他們的處境。我想說的是，與其看缺憾的一角，不如更珍惜現下所擁有的，我想鼓勵在艱苦環境下被淬煉長大的孩子們，你們更有機會被磨練出堅強的意志和偉大的夢想。

書中也描述了幾位堅持理想和愛的大人們，這是我的小小奢望。在這個價值觀變動急遽的社會中，如果有什麼是值得信仰的，我希望那是「愛」與「信任」，這是值得花畢生來追求的美好目標。

如果我的作品能夠傳達絲毫溫暖的力量，都要歸功於親愛的家人和朋友。我的母親讓我放心談論所有心事，成為我最重要的情感支柱；我的妹妹和弟弟，是兒時聆聽我編故事的最佳聽眾，給我最可靠的親情支持。我的先生元彥，縱容我任何天馬行空的夢想，盡一切努力協助我完成創作。好朋友慧卿，分擔了我的焦慮，鼓勵我記得自己的天賦。

而這本書在創作過程中，我常想起我的父親，雖然他仙遊已久。不過他所給予我的，讓我喜歡書、喜歡閱讀，在充滿幻想和故事的環境中幸福地成長，點點滴滴，我始終放在心中。

我卑微地希望，自己的創作能在冰冷黑暗的地方點燃微微光芒。我祈求自己能有溫暖別人的力量，那是父母親給我最大的財富，我也盼望有機會能給予其他的孩子們。

也希望我的小姪子宏杰，長大之後會喜歡這本書。因為，這是阿姨幻想以他為聽眾而寫下的故事。

鄭淑麗

二〇〇八年六月

主要人物介紹

池印

小學六年級的學生。母親早逝，父親池平忙於工作，因此習慣獨處，是個獨立、勇敢又早熟的孩子。

池平

池印的父親，是個有名的雕刻家，他因妻子過世，而與池印搬到月芽灣。

喜兒

小學五年級的學生，個性活潑可愛，是餐館女主人凝香的女兒，三歲時，父親失蹤，和母親相依為命，是個懂事又善解人意的女孩。

凝香

喜兒的母親，也是餐館的女主人，臉上總掛著溫暖的笑容。跟著先生楊亭丰搬到月芽灣，在丈夫失蹤後，便獨力開餐館，扶養女兒，等待丈夫回家。

惜安

小學五年級的學生。父母都在外地工作，從小跟著爺爺長大。活潑好動，個性憨直。把池印視為偶像，兩人像是哥倆好。

映月

池印的老師，因為愛上月芽灣的優美風景，隻身從都市來到月芽灣教書。

卓明非

出生於玉恆鎮有名的望族，在鎮上開設圖書館供居民免費借閱，是個慷慨大方的人。

卓穎

卓明非的女兒。小學六年級的學生，和池印同年。長相溫柔甜美，是池印見過最接近公主形象的女孩，幫父親打理圖書館。

目錄

CONTENTS

【序曲】

月芽灣：傳說中的夢幻之地

深夜的隧道，一片黑，什麼也看不見。一對情侶手牽手，依偎著往前走。女孩穿著高跟鞋，踩在碎石路上，走得戰戰兢兢。

突然間，「喀！」一聲，高跟鞋卡進石頭縫隙裡，折斷了。

「啊……」

「來！」男孩蹲下身背起她。女孩的臉貼住他的背，安心地閉上眼睛。

「妳看！」睡著了的女孩，聽到叫喚聲，緩緩睜開眼睛。

出了隧道，皎潔明月高掛天際，撒下一片柔和光芒，把眼前的景物罩上朦朧輕紗。遠處傳來喧嘩的鑼鼓歌聲，像正在舉行著慶典。

「那是什麼？」女孩好奇地問。

「是『TANYA』族的月神祭。」男孩把女孩從背上放下來，兩人打著赤腳，往歌舞聲傳來的方向跑去。

深夜裡，海岸邊高起的懸崖，聚著一群人，穿著顏色繽紛的傳統服飾，圍成圈圈，高歌舞蹈。圓心中央升起熊熊烈火，烈焰燃燒疊成高樓般的木堆，發出劈里啪啦的聲音。火舌捲向夜空，像在呼喚月神，祭典達到高潮，歌聲也愈高亢了。

一個身穿白衣的人，戴著三角高帽，站在火堆旁，高舉色彩鮮豔的幡旗，另一手搖著鈴鐺，朝著天空喃喃吟唱，氣氛顯得詭異又神祕。

「那是誰？」看到這景象，女孩不禁呆住了。

「是『TANYA』族的巫師，這是他們一年一度的祭典，要趕走邪靈，為族人祈福。」男孩深情地凝視著女孩，說：「月神祭有個悲傷的傳說。」

相傳很久以前，TANYA族裡有個美麗的女孩，很多男孩都愛慕她，想娶她為妻，可是她只鍾情其中一位族內的勇士。他們常相約在黃昏的恆翠山壁下，互相傾訴情意。當月亮升起，兩人相互依偎的身影就會映在石壁上，成為詩意的圖畫。

勇士為了爭取女孩家族的認同，想入山獵取黑熊，取得TANYA族第一勇士的稱號。沒想到勇士遇難，再也沒回來。

女孩每天都到山壁下等待，等了很久很久。後來有人傳說，只要在月圓時，月光照向恆翠山，石壁上都會出現緊緊相擁的成對人影。沒有人知道勇士是否回來了，還是月神好意的幫忙，讓兩人的美麗傳說烙印在山壁上。

女孩聽了，紅了眼眶說：「很美的故事。」

「我們搬來這裡住好嗎？」男孩輕輕地問。

女孩微笑著沒有回應。她喜歡這男孩，可是這裡偏僻又遙遠，她很難想像自己能適應。望著遠方神祕又華麗的祭典，她的表情有些憂愁。

這裡是月芽灣，位於台灣東部小鎮——玉恆鎮的北邊，是一個面對太平洋的半月型坡地。兩個彎角勾如弦月般針鋒相對入海，形狀有如新月，因此被稱為「月芽灣」。

有條溪流環抱著月芽灣入海，被稱為「月芽溪」。月芽溪的出海口橫躺了一顆半層樓高的大石頭，每逢漲潮，附近就會形成湍急的渦流，非常壯觀。

月芽灣面海的右側彎角立了一座石碑，刻上「天地大好」四個大字，巨大的石碑彷彿背負了鎮壓驚濤駭浪的任務。

月芽灣地處偏僻，和熱鬧的市鎮隔了一座月芽山，居民要到鎮上去，或者觀光客想到月芽灣來，都必須穿越月芽山鑿成的狹長隧道。火車的終點站只行駛到玉恆鎮，要深入北邊的月芽灣，必須換搭公車。

交通不便，讓月芽灣工商發展受限，出去謀生的居民多，進來觀光的遊客少，倒也保留了小鎮的悠閒安靜。

不知是不是靠海生活的不確定感，月芽灣的居民對於自古相傳的傳說都虔誠以對。而這裡的房子大門窗框幾乎都漆成紅色，紅得深淺不一，但千篇一律都是紅，映襯碧海藍天，成為令人印象深刻的景致。

當新月升起，被朦朧霧氣籠罩的月芽灣，就像傳說中的夢幻之地，吸引了有心人來尋找故事的殘影，也召喚了不知何處容身的人來此落腳。

月芽灣，是匯聚了有心人和失意人的遺世小鎮。

1 沉默的雕刻師

夏季末的午後，烈日當頭，像要把人蒸發了。一個年約十二、三歲的男孩流著汗在溪裡撿石頭，臉上不時浮現微笑。他撿起石頭看了看，又丟回溪中，再往前尋找下一個目標。

有個男子，斜躺在不遠處的大石塊上，半瞇著眼，悠閒地打著盹。

「爸，這塊石頭怎麼樣呢？」男孩興奮地涉水過來。

男子接過男孩遞來的石頭，用力握著，「還不錯，接近壽山石的硬度，嗯，要雕刻比較容易。」

男子叫做池平，是一個雕刻師，八年前帶著兒子搬到月芽灣。他雕刻時凝神用心，再平凡的石頭都能在他的雕琢下展現撼動人心的新面貌。月芽角上刻著「天地大好」的石碑，還有隧道入口的月神石雕，都是他的作品。

白玉雕成的月神石雕，姿態飄逸，非常生動，取名「月神」，被放在隧道口，當作歡迎遊客進入月芽灣的標誌。旅遊指南上介紹，月神石雕是月芽灣的守護神，不見月神石雕等於沒到過月芽灣。

醉心雕刻的池平，一工作就渾然忘我。長時間埋在刀斧器械聲和紛飛的石屑中，有時候聽到兒子的叫喚，猛然抬起頭卻不知如何應答，父子只能相對傻笑。

在溪中撿石頭的是他的兒子池印。他對石頭的喜愛，得自父親的潛移默化。父親常坐在溪中最高最大的墨綠色蛇紋石塊上，教他辨認溪谷裡的石頭。

在父親的說明下，石頭們有了名字也有了歷史。坐在大石頭上，看著溪水蜿蜒入海，池印不安躁動的心就會安靜下來。

面對一雕刻就不知何時回神的父親，池印常覺得很寂寞，後來他學會自己找樂子，拿溪邊撿來的小石頭當玩伴。

爸爸說，世上的石頭雖然很多，但絕對不會找到兩顆一模一樣的。慢慢接觸後，池印對石頭的癡迷不輸父親。

他把每個小石頭用塗料取上姓名，跟它們聊天說話，出門時都會挑一顆石頭帶在身邊，像個護身符。不同的石頭分屬不同部族，部族之間有時打架作戰，有時和好交易，池印自己玩得不亦樂乎。

幾年前，他們還在大都市裡過生活，一場意外讓池印失去母親。

爸爸無法面對，渾渾噩噩了很長的時間，只記得小小的池印，常拿了湯匙把飯送到他的嘴邊，一口餵他一口餵自己。那個時候池印怎麼過的呢？想到這裡池平就覺得抱歉。

有天，他帶著池印坐車來到東部小鎮，想看看傳說中的月芽灣，那是過世的妻子常說要來的地方。她不知道在哪本書裡看到，月芽灣擁有夢幻美景，充滿傳說和奇蹟。

換了幾趟車，來到月芽灣。那是個霧氣瀰漫的夜晚，強烈的思念讓池平鬱鬱寡歡。

身旁的池印想要分擔父親的失落，說起這些日子以來，因為想念媽媽，又擔心爸爸，常躲在被窩裡哭。

怕爸爸擔心，白天裝得勇敢開朗，但是一到晚上就很想哭。不過，想到母親過世前，叮嚀他：「爸爸一工作就忘了吃飯，幫媽媽照顧他。」他就告訴自己要堅強，不要再哭了。

池平靜靜聽著，淚水無聲滴落。兒子的憂傷和貼心喚醒了他，他牽起池印往回走，想著今後要振作起來，好好照顧相依為命的兒子。

回程途中，父子倆經過一家餐館。那家餐館有著紅色木門和面海的大窗戶，女主人親切的笑容，還有令人懷念的家常菜色，讓他們重溫久違的家庭氣氛。

突然間，池平失去已久的嗅覺味覺都回來了，他可以聞到瀰漫餐館的食物香氣，嚐出食物的美味，不再食不知味。那是妻子走後他吃過最飽最好吃的一餐，走出餐館大門時，他感覺自己重新有了力量。

他告訴池印，他決定搬到月芽灣。池印點頭，「爸爸去哪裡，我也

去哪裡。」

就這樣他們搬到月芽灣。延續先前的雕刻技藝維生，因為月神石雕，累積了口碑，客源穩定了，生活也安定下來。

已近黃昏，霞光映照，水面上波光粼粼。撿石頭撿累了的池印，躺在爸爸身邊休息，仰望著流動的雲變化著各種形狀，一下說像羊，一下又說像猴子。

池平剛接了新工作，要完成一系列的雕刻品，最近得忙著到外地找石礦。他看著兒子，想到這孩子又要孤單度過秋天了，心中很不捨。如果可以趕在過年前完工，一定要帶他到鎮上去玩。

落日餘暉投向月芽溪對岸的恆翠山。恆翠山隔著溪水和月芽灣遙遙相望，被海風侵蝕的陡峭稜石，高聳入天。在微微夕照下，山壁上的紋路呈現不同的色澤，像是從天垂降的一幅山水壁畫。

「爸，你去過那座山嗎？」池印指著對面的恆翠山問。

「嗯，去找過石礦。」池平瞇著眼說：「傳說中，那是一座危險又神祕的山。」

「真的嗎？」池印好奇地問。

「餓了沒？吃飯去吧！」池平坐起來，催促兒子。

池印把撿來的石頭放進口袋，牽起父親的手，走向那家當初把他們父子引到月芽灣的餐館。

2

月芽灣的石碑

一輛轎車緩緩駛向月芽角，在面海的石碑前停了下來。

一個戴著金邊眼鏡的男子下車，走到石碑前。因為頭髮花白，乍看會以為這男子年紀很大了，但是仔細瞧他的臉，約莫只有四十出頭。面對旁人的疑惑，他都回答自己的白髮是家族遺傳的「少年白」。

他是卓明非，出身於玉恆鎮有名的望族。因為祖先留下可觀的田宅財產，讓他從國外留學回來後，毋需煩惱生計，可以依照自己的理想在鎮上開設圖書館，提供居民免費借閱。

跟著下車的是一個十二、三歲，面貌清秀的女孩。女孩一下車，跑向崖邊，興奮地問：「這就是傳說中的月芽灣嗎？」

向晚的海面，太陽還沒下山，月亮卻已經隱約浮現，日月並存同現天際，霧氣淡淡，海風微微，讓月芽灣更接近傳說中的夢幻美景。

女孩叫做卓穎，是卓明非的女兒。她走向父親，清晰唸出石碑上的字，「天—地—大—好」。

「這是一個住在月芽灣的雕刻家刻的。」卓明非輕撫著石碑說。

「碑文是什麼意思呢？」

「是祈求天地庇祐的意思吧。」他看著石碑說：「這塊石碑是新立的，才六、七年吧。那位雕刻師剛搬來月芽灣，接下雕刻石碑的工作，經人介紹找到圖書館來。因為他，我更深入了解

月芽灣的歷史。」

「月芽灣的歷史？」卓穎納悶地問。

「很早以前，這裡原本就有塊石碑。後來因為風水的理由，拆掉了石碑。石碑移走沒多久，月芽灣發生了大地震，死傷慘重，妳爺爺也是在那次大地震中失蹤的。於是有人傳說，石碑可以鎮宅保平安，如果石碑還在，一定可以鎮住大地震，居民們討論後，又重新立了這塊石碑。」卓明非說著，表情有些黯然。

卓穎沒有看過爺爺，但是她知道爸爸一想起爺爺就會很難過。她走到爸爸身旁，輕輕拍著他的肩膀。

卓明非勉強擠出笑容，回應女兒的體貼，說：「以後再說吧，這裡有家不錯的餐館，吃飯去吧。」

3 面海的餐館

從溪邊散步到餐館的池平父子，推開鮮豔如辣椒紅的木門，門把上的鈴鐺叮叮噹噹響起來，迎面飄來誘人的食物香氣，讓池印覺得飢腸轆轆。

穿著粉紅色圍裙的老闆娘凝香，拿著鍋鏟從廚房走出來，熱情招呼說：「快來吃飯，今天有池印愛吃的菜喲！」

凝香送來馬鈴薯燉肉，搭配玉米沙拉，她的女兒喜兒跟在後面，捧著一大碗顏色鮮豔的南瓜海鮮湯。

凝香看著池印父子倆狼吞虎嚥，湊近問：「好吃嗎？」

池印挖了一大口燉肉塞進嘴裡，口齒不清地說：「好吃好吃。」

喜兒在一旁插嘴說：「媽媽心情好，做的菜就好吃；如果她邊煮菜邊罵人，做出來的菜就很恐怖呢！」

凝香瞪了喜兒一眼，忍不住笑了出來。

大約三十多歲的凝香，臉上常掛著笑容，她愛穿明亮的衣服，做的菜也顏色豐富，她認為這樣才會營養均衡，也能增加食慾。

她經營的小餐館沒有招牌，也沒有菜單，隨著可採買到的食材來決定當天的菜色。小小一家店，經營得很有家庭氣氛。

餐廳的桌椅是池平用撿來的漂流木修飾而成，每張桌椅都沒有固定尺寸形狀，卻很自在舒適。

起先，池平送來一張漂流木做成的餐桌時，凝香覺得桌子造型樸拙有趣，不過當餐桌可能不太舒服，於是就當裝飾品擺著，沒想到反而成為餐館的特色。很多客人為了享受在那張特殊的餐桌用餐的情趣，願意排隊等候。凝香只好拜託池平趕工，逐漸汰換掉原本的四方形餐桌椅。

池平趕工做桌椅時，凝香供應父子餐點。過去三餐都是由父子倆合作料理，只求效率不求美味，被凝香養刁了嘴後，他們再也無法滿足昔日的飯菜口味，自然而然成為凝香餐館搭伙的食客。

從學生的午餐便當到晚飯宵夜，沒有營業時間，只要可以推開餐館的紅色木門，老闆娘還醒著，她都樂意重起爐火餵飽每個上門的客人。常有客人好奇，如果沒有特殊的熱情，怎會有如此旺盛的體力去負荷一家不打烊的餐館，尤其她只有一個十二歲的小幫手喜兒。

凝香看看吃飽飯臉色紅潤的池印，習慣性問他：「吃飽了嗎？還有喔。」

池印搖搖頭，說：「好飽！」他站起身，把餐盤湯碗收到廚房去，順手把水槽裡的碗盤一併洗好。

一走出廚房，聽到門鈴叮噹響起，池印不經意朝門口望去，看到推門進來的女孩，不覺眼睛一亮，彷彿被魔棒點著，一動也不能動，心中發出連番驚嘆號：「好漂亮啊！」

他看到跟女孩一起進來的白髮男子跟爸爸打招呼，隨後爸爸把池印叫過去，介紹他是圖書館的館長。

卓明非一看到池印，誇張地稱讚說：「Oh, Handsome boy!」

池印害羞地紅了臉，轉頭瞄到喜兒在一旁偷偷笑他。

隱約聽到那女孩叫做卓穎，「聰穎的穎」。卓穎卓穎，這個名字像海浪一般不斷拍打著他的心，讓他像暈船似地搖晃起來，他默默記下她的名字，大人的寒暄他完全充耳未聞。

爸爸用力拍了他的背，催促他說要走了，「小子，發什麼呆呢？」

他抬起頭，看到卓穎對他微笑，眼睛彎成新月形狀，溫柔甜美。他戀戀不捨地走出餐館，心中湧起前所未有的喜悅和淡淡苦澀，不知何時才可以再見到那美麗的女孩呢？

目送池平父子離開，卓明非跟女兒說：「他就是雕刻石碑的藝術

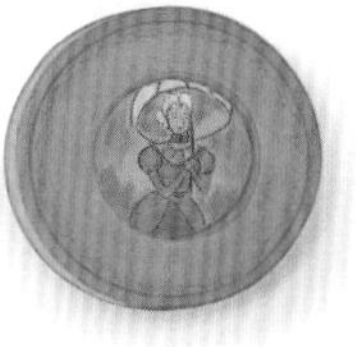

家。」卓穎朝門外再看了一眼，正好看到回頭望著她的池印。

「我們就坐在這裡吧！」卓明非找了位置坐下。

卓穎對餐館的佈置很驚喜，不停地左顧右盼，問說：「爸爸以前來過嗎？」

「嗯！」卓明非突然壓低聲音，說：「為了打聽餐館老闆娘的先生失蹤的事情。」

「什麼？」卓穎想再發問，喜兒就端菜上桌了。她只好壓抑滿心疑惑，拿起餐具準備用餐。

木門上的鈴鐺響起，門被推開，一陣酒氣襲來，卓明非和女兒不約而同往門口看去。

喜兒開朗地喊：「歡迎光——」，招呼聲才到一半，她就在心裡哀叫，「糟了，是鼻涕蟲。」

一個美麗的老闆娘，獨自經營餐館，多少會招來困擾，其中最麻煩的就屬眼前這位張同學。

張同學年紀也有五十幾了，身材極為瘦小，看到人總愛稱兄道弟裝熟，不論是大人小孩，一律稱同學，因為姓張，月芽灣的人也戲稱他為張同學。久而久之，大家幾乎都忘了他的名字。張同學總趁著喝醉酒，來跟凝香訴苦糾纏，讓母女倆很頭痛。

有次喜兒重感冒，鼻水流不停，偏偏張同學糾纏了一晚，害喜兒頭昏腦脹，從此被冠上「鼻涕蟲」的封號。

張同學醉醺醺拿著酒瓶進來，凝香聽到外頭嘈雜，走出來一看，心裡大叫不好，用餐時刻客人就要上門了，竟然來了煞星。

卓明非看著張同學胡鬧，不敢貿然插手，擔心處理不當會給老闆娘帶來困擾，只好靜靜觀察。

張同學酒氣沖天，口齒不清不知說些什麼，又嚷又鬧。喜兒見狀，悄悄爬上樓，打電話給楊警官。

楊警官是當初調查喜兒父親失蹤案的人，同情她們孤兒寡母，所以把餐館列為巡視的重點，偶而會過來吃飯。

張同學很怕楊警官，因為楊警官只要看到他，就會訓他一頓，讓他覺得煩死了。

聽到喜兒稚嫩的聲音，楊警官哈哈大笑回問：「又要叫伯伯過去吃晚飯啦！沒問題！」

不到十分鐘，楊警官就來了。看到卓明非也在，楊警官有點意外，揮手打了招呼。轉頭看到張同學衣衫不整，躺在地上耍賴，楊警官一把搶過他的酒瓶，拉他起來，張同學死命掙扎，拉扯間吐了一地，臭氣沖天。

費了九牛二虎之力，楊警官終於把張同學拉了出去。看著滿地穢物，凝香哭喪著臉，連聲跟卓明非父女道歉，喜兒趕快拿了掃帚來清理。

卓明非在一旁看完這場鬧劇，無奈地搖搖頭，原本期待一餐美味佳餚，瞬間也失去胃口。他起身付錢，凝香堅持拒絕，父女倆帶著同情的表情，敗興走出餐館。

回家的車上，卓穎氣憤不已，沿路罵著張同學。但是她發現向來愛打抱不平的爸爸，竟然沉默著，一語不發。

突然間，她想到了什麼，「爸，我好像在圖書館看過這個酒鬼！」

想起胡鬧撒野的張同學，卓穎露出嫌惡的表情說：「當時我在地下室整理資料，他一進來滿身酒氣，把我嚇壞了。」

「他來借書嗎？」

「他沒借書，只是隨便翻翻看看而已。」卓穎想了想，好奇地問：「爸，餐館老闆娘的先生為什麼會失蹤呢？」

「聽說是到溪邊去，遇到漲潮不小心被沖走了。」

沉默了一會兒，卓明非又說：「十年前，老闆娘和她先生一起來圖書館，當時借書的人很少，所以我對他們印象很深刻。」

那時候圖書館還在草創階段，很少人會來，卓明非有空都會跟來借書的人聊天。

「她先生是月芽國小的老師。」卓明非皺著眉說：「失蹤後，報紙連續報導好幾天。我曾經把那位老師借過的書都找出來，發覺他借的書都跟月芽灣的寶藏祕密有關。」

「什麼寶藏？」卓穎不解地望著父親問：「他是為了尋寶才失蹤的？」

卓明非搖頭說：「我也不知道。他失蹤那天，有個警察看到他正往月芽溪上游走。那個警察當初也參與了爺爺失蹤案的調查。他就是剛剛把醉鬼拉走的那個楊警官。」

「然後呢？」卓穎抓不到頭緒，滿腦子都是疑惑。

卓明非手握方向盤，表情凝重地看著前方。卓穎敏感地察覺父親的不對勁，他平時輕鬆瀟灑，今天卻一反常態，欲言又止。

車燈投影在前方的道路，入夜的月芽灣像被施了魔法睡著似的，顯得清冷安靜。小穎搖下車窗，清新的茉莉花香飄進車裡來。

卓明非瞄了女兒一眼，嘆口氣說：「這個祕密，有一天我會告訴妳的。」

昏黃的車燈指引前進的道路，小穎看著無止盡的黑暗隧道，忍不住胡思亂想那個寶藏的祕密到底是什麼呢？

4

廟裡的啞巴雜工

接近開學的某一天，是池印的返校日，輪到五年級的學生返校打掃。孩子們碰面打打鬧鬧，邊玩邊掃，快中午了，才匆匆結束清掃各自回家。

走出校門，他臨時起意想去廟裡找惜安玩，於是轉往慈安宮走去。

慈安宮是座不起眼的磚瓦建築，兩側種著鳳凰木與柏樹，紅色木門總是敞開著。越過廟埕，大廳正中央立著一尊大佛像，表情莊嚴而慈悲。

打理廟中事務的是老姜。沒有太多經費可以雕樑畫棟，慈安宮保持著最簡單的面貌，為了幫困惑者指點迷津，廟裡也準備了籤筒讓善男信女求神問籤。從小家學淵源，老姜解籤特別靈驗，被視為神和人之間的溝通者，很受信任。

老姜身邊帶了一個小孫子，叫做惜安，活潑好動，個性憨直。月芽灣裡的孩子不多，池印的父親偶而會來廟裡幫忙修繕，池印也跟著來，久了惜安把池印當哥哥，常跟在後頭當個小跟班。

池印在廟門外張望，小聲叫著「惜安，惜安。」坐在廟簷下的雜工阿塗探頭出來。

阿塗的長相醜陋怪異，幾年前他突然出現在廟口時，把所有的人都嚇壞了。當時他的臉潰爛焦黑，像被大火嚴重灼傷，衣衫破爛，看起來落魄可憐。

他嗯嗯啊啊比手畫腳無法說話，無從得知他的身世。老姜好心收留他，花了一段時間治療他的傷口，留他在廟裡吃住，幫忙做些雜工。

阿塗的傷口隨時間慢慢癒合，不過臉上仍留下明顯的傷疤。不工作時，他常垂著頭默默坐在角落。每回池印看到他，都會有些難過。他覺得阿塗好像很寂寞，卻又不知怎麼親近他。

「阿塗，我來找惜安。」

說完池印躡手躡腳，一溜煙地跑進廟裡，廟裡濃重的檀香氣味迎面而來。

惜安正坐在桌前背著一連串的經文，池印湊過去，納悶地問：「幹嘛？」

惜安苦惱地抓著頭說：「阿公說這是心經咒語，要我背起來。聽說這咒語很強耶，碰到危險就可以派上用場，唐三藏去西方取經碰到妖怪都是唸這個來退敵。」

老姜常跟他們說《西遊記》、《封神榜》這些傳奇故事，池印和惜安對這些書中人物都很熟悉。

「你會碰到什麼難對付的妖怪嗎？」池印作了鬼臉問他。

「反正沒背好，阿公不讓我出去。」

池印看了一下經文說：「又沒幾句，一起背吧，比賽誰先背好，誰

就贏了。」加入了競賽的成分，背的速度也變快了。差不多背熟了，惜安終於笑了。

「我們去溪邊玩，快點！」池印催促著惜安。

兩人跑到喜兒家，邀喜兒出來玩。他們打赤腳涉水入溪，享受悠哉的夏末清涼。

5

恆翠山的秘密洞穴

爸爸不在家，雖然有點寂寞，不過池印依舊忙碌。除了料理自己的生活起居，應付學校的課業，一有空檔，他就著手雕刻他的石頭兵。暑假的勞作作業，他拿溪裡撿來的石頭，刻了一個像爸爸的小石偶，還沒完工，爸爸就出門去了，他沒機會比較石偶和爸爸到底有多像。

不過，拿到學校去，卻意外受到老師的稱讚，同學也爭相傳閱。他計劃撿更多的石頭，雕出騎兵隊來擔任前鋒帶隊的英勇騎士，而先前扁平的石頭們就當步兵。要完成不同種族的騎兵隊，他必須趕工，想讓爸爸回來時就能看到他的作品。

接近中秋，老是下著雨。以前爸爸外出工作時，幾乎兩三天就會跟他聯絡，問問他的生活起居。這次爸爸離家一個多月，卻沒有按時聯絡，久沒接到爸爸的電話，讓他有些擔心。

週末清晨，池印意外早起。迎著微微的天光走向月芽角，清晨的風有點涼。沒看到太陽，今天應該是陰天吧。

他想到溪谷去撿石頭。每當心情不好時，聽到溪水聲就能讓他平靜。

他捲起褲管，在清澈的溪中尋找適合雕刻的石頭。不知過了多久，天色愈來愈陰沉，他急忙加快動作，擔心可能要下雨了。

斗大的雨點突然傾洩而下，要立刻退回岸邊不容易，眼前又沒有可供避雨的

地方，他只能溯溪再往上游走。沒想到愈走愈深，溪水已經淹過他的胸膛了，他奮力往上游，企圖攀住對岸山壁橫長出來的樹枝野草。

不過事情並不順利。雨愈下愈大，驟雨急速奔流，強烈衝擊想往上游的他，讓他漸漸失去力氣，瞬間就被溪水淹沒了。他感覺腳下冰冷疼痛，然後逐漸失去意識。

不知過了多久，池印醒過來。他發現自己被卡在三四塊大石頭中間，就像沙發椅背托住了他，讓他端坐中央。他想，自己可能被溪水沖到月芽灣對面的恆翠山來了。

雨勢減緩，池印爬起來，往恆翠山靠過去。爬過幾顆大石頭，沿著山壁往前走，繞過轉彎處，他發覺那裡堆疊了幾塊巨石成為階梯，可以順著爬上旁邊的高地。

眼前的高地不像有人居住，茂盛的樹木雜亂地長著。他四處走走看

看，突然間，他發覺腳邊成叢的蘆葦底下，有一堆石頭堆疊著。池印看出那個石堆是個記號，那是爸爸每次找到石礦時辨識用的記號。

他激動地蹲下來確認石堆的排列，他又仔細檢查石壁，果然蘆葦上方的石壁也被刻上同樣的記號。「爸爸來過這裡！」池印高興地想。

「爸爸！」他大聲地叫著。

這地方不大，看不出有人住。池印仰頭看，這是什麼石礦呢，爸爸怎麼會找到這邊來。

他撥開蘆葦，發覺厚厚的蘆葦叢後面有一個小洞。他必須要彎著腰才能勉強塞得進去。

或許爸爸在裡面呢！腦中突然出現這樣的想法。即使洞裡黑暗潮濕，有股濃濃的霉味，池印還是決定爬進去看看。

洞穴裡面的空間比洞口大，不過愈往前走愈狹小，池印的腰愈彎愈低，到最後只能趴下來往前爬行了。

身體濕淋淋，肚子也很餓，洞穴裡凹凸不平，又有小蟲子咬他。雖然痛苦，但是他想爸爸可能被困在山洞裡，所以沒辦法回家。因為擔心，他愈爬愈快，爬了一會兒，他發覺自己犯了一個錯誤。萬一前面洞口愈來愈小呢？

如果連他都進不去，爸爸怎麼可能在裡面？可是，洞口為什麼會有雙重記號呢？他閉上眼睛想了想，不管了，就一直爬到無法前進為止。他繼續往前爬，空間愈來愈小，絕望的感覺愈來愈深。趁還出得去的時候回頭吧！他屈身慢慢往後退，退了幾步，又有些猶豫。

總要再試試看，萬一爸爸真的在裡面呢？

猶豫不決時，池印感覺臉上涼涼的，像微風吹過臉龐。前方應該有出口，才會有風吹進來，想到這裡，他爬行的速度愈來愈快，突然間他發覺風變強了，周圍的空間似乎變大了，他幾乎可以站起身來。

他興奮地快步往前跑，突然間一道白光射向他，逼得他閉上雙眼。

過了一會兒，睜開眼睛，池印嚇了一大跳。狹小的洞穴變成世外桃源，眼前有個氣勢磅礡的大瀑布，瀑布溫度很高，在山洞裡形成裊裊煙霧。

他跑向瀑布下方形成的水潭，探探水溫，這是個溫泉瀑布。他興奮地跳進溫暖的水池裡，洗去身上的髒污。

抬頭張望，洞穴頂端有垂墜而下的鐘乳石。洞窟四周的石壁閃耀著各色光芒，爸爸教過他，那是水晶石英類的結晶層，七彩繽紛，漂亮極了。

他又叫了幾聲爸爸，只聽到空洞的回音。他摸著石壁向前，發覺瀑布飛濺下來的水幕後面，又有個小洞穴。不知是不是錯覺，他彷彿看到有黑影閃過去。從飛濺而下的瀑布縫隙窺探，看不出山洞有多深。

想到爸爸，池印一時心急，沒有多想，就縱身跳進水潭裡，往瀑布深處游去。

雖然瀑布衝擊的力道不大，不過附近的漩渦，還是把池印捲了進去，讓他喝了幾口水，他掙扎著往水潭邊緣游過去。突然間，腳下好像踩到階梯，他試著直起身走走看。

誰在這裡築了石階呢？池印困惑地扶著山壁拾級而上。起先石階還浸在水中，只有頭部能露出水面，走了一會兒，大概上半身都能在水面以上了。

石階還是不斷往上。「會不會就這樣爬到山頂呢？」他朝洞穴深處叫了幾聲爸爸，聲音似乎被吸進山洞裡。

石階大約可以容納兩三個人並行，池印默想著爸爸的影像，鼓舞著不安的自己繼續前進。

突然間，他感覺觸摸到的山壁有些不同。他倒著往回走幾步，再順著摸下來，這片石壁特別光滑，像是人工塗抹過的，不像先前的岩壁凹凸不平，會有劃痛手心的銳利尖角。

池印來回摸了幾次，敲敲石壁的聲音，這面牆大概有兩三個大人的肩寬，高度就比較難測了，池印把手伸長，還是無法探知這面牆的頂點。他決定再繼續往前，愈往高處離水愈遠，到後來石階已經完全脫離水面了。

前方似乎有微微亮光，池印愈走愈快，幾乎跑了起來。不知跑了多久，終於看到亮光的來源，原來是山壁面海的那一端被鑿了個大洞。腳下是一片汪洋大海，洞口下有灰色片岩高低突起，像是不規則的階梯。

雨還是持續下著，平時看來清晰可辨的遠方小島，現在只能在朦朧的霧氣中隱約現出輪廓。

如果只是一條曲折石階路，爸爸何必在洞口做記號呢？池印坐在洞口發呆，有些失望。看著天色轉為昏暗，肚子發出咕咕叫的聲音，他想應該回家去了。

他沿著石階原路往回走，刻意留心那面平滑的石牆，經過時他特別在牆面刻下記號。

爬出溫泉水潭後，他坐在潭邊的石塊上休息。突然間，他看到水晶石叢裡有個黑影晃過去，揉揉眼睛再仔細看，又消失了。他過去叫了幾聲爸爸，沒有任何回應。

他失望地爬出洞口，外頭的雨勢小了一些，天色已經完全暗下來，溪水沒有先前湍急，他順著往下游，隨手在一些石頭上留下記號。

池印回到家，一切還是跟早上一樣，差點滅頂的冒險似乎都不曾發生過。屋簷下腳踏車的籃子裡，放了兩個飯盒，喜兒來過兩次了。

一整天沒有吃東西的他，狼吞虎嚥把已經冷掉的便當，一口氣吃光了。

6
恐怖的大牛角

期中考剛結束，同學都放鬆下來，一下課就打打鬧鬧。

下個禮拜學校要舉行戶外教學，老師要帶他們出校門去認識生活周遭的環境。每次戶外教學的路線都差不多，終點都是月芽角石碑前。映月是池印五年級的級任老師，升上六年級還是沒變。

映月有張如雞蛋般的橢圓臉蛋，眼睛就跟名字一樣，清亮如明月，笑起來有個甜美酒窩，溫柔可愛的她，很受學生喜歡。從小在北部長大的她，畢業後偶然來到月芽灣，被這裡的美景吸引，決定留下來當老師。

過去，從小在都市生活的她，不太能分辨野生的動植物。剛開始帶學生戶外教學時，她花了不少時間死背動植物圖鑑，沿路帶著書本當小抄。

不過，經過多年的學習，映月已經能分辨常見的動植物。走在山野林徑上，她會告訴學生，「喔，這鳥的身體和葡萄酒一樣紅，所以叫做『酒紅朱雀』。」

幾年的教學經驗下來，她也知道，一定會有學生在隊伍中竊竊私語說：「老師，這種就是專吃垃圾的垃圾鳥啦！」

第一次看到美麗的酒紅朱雀，映月興奮地指著要學生看。沒想到當場被說是「垃圾鳥」，頓時像被潑了冰水，原本飛舞如精靈的朱雀，一下子就從天上被打入垃圾堆裡了。

唸書還是不錯的，映月後來自我安慰這麼想。唸了書可以讓垃圾鳥變成酒紅朱雀，讓原本平凡無味的生活有了不一樣的色彩，她要讓這裡的孩子有不同的視野。她總是特別提醒他們，能把難得一見的朱雀視為平凡無奇的垃圾島，是上天賜予的福分，別的地方可是不容易看到。

這天，映月帶著五六年級的同學一起去戶外教學。天氣特別好，沿路都可以聞到花草清新的香味。

快到中午，他們來到月芽灣的石碑前休息。學生們拿出飯盒野餐，映月站在石碑前面說：「地方史上記載，很早以前有外國的商船，也有人說那艘船是海盜船，遇到狂風暴雨，漂流到月芽灣擱淺了。船上滿滿的金銀財寶一時運不走，只好先藏起來，他們打算把船開到鄰近的國家修好再把寶藏運回去。」

「啊……」學生們聽了不禁騷動起來。

「他們擔心太平洋上島嶼眾多，辨識不容易，就在月芽角的石碑上，刻了『恐怖的大牛角』幾個字作為記號。」

「『恐怖的大牛角』？好難聽啊，還是月芽灣好聽。」喜兒不以為然地說。

「可是石碑上沒有外國字啊？」有學生好奇地問。

天地大好

「舊的石碑已經被拆掉了，這塊石碑是重新立的。」映月看看孩子們，故作神祕地說：「寶藏後來的下落，沒有人知道。或許，寶藏還被藏在月芽灣喔。」

「哇！」學生驚訝地大叫。

「好了，安靜！老師說的故事，是傳說野史，只是為了讓同學們更有興趣去認識居住的環境。大家不要真的冒險去尋寶喔。」映月反覆叮嚀著。不過，她想自己只是多慮吧。

「原來月芽灣藏有寶藏！」這個祕密在池印心中掀起波瀾，那個藏寶的傳說激發了他的冒險幻想。

7 寂寞的秋天

星期天下午，池印刻了一個小騎兵，胖嘟嘟的，他決定把這個小騎兵送給惜安。

出了家門，有些寒意，他忍不住打了個哆嗦。沿著一排木麻黃慢慢走著，沿路樹葉落成一地，到了廟口，老姜站在廟門前的鳳凰木前靜靜站著，雙手舉向天空，舉止有些怪異。

他知道老姜在練氣功。雖然不懂，不過他對老姜的認識就是跟神明接觸的人，常會做出一般人不能理解的事情。他想，或許長大了就會懂了。

惜安正在讀經，看到池印來很高興。池印掏出口袋裡的騎兵，其實他的技巧並不熟練，說是騎兵，也只是個略有輪廓的人偶，不過相當小巧可愛。惜安很驚喜，一直握在手上把玩。

「上次去戶外教學的照片洗出來了，由我保管。你在這裡喔……」惜安拿出相簿，兩人邊看邊討論哪個同學的表情最搞笑，不知不覺提高了聲音。

阿塗經過時，也被吸引進來一起看照片。兩人跟他介紹照片裡的同學老師，還說起班上發生過的趣事，誰說漏了，另一個人就熱心補充，也不管阿塗認不認識。三個人看照片看得興致盎然，直到惜安嚷著說餓，他們才驚覺天色已經暗了。

池印告辭回家，沿途得經過陰暗的竹林路，還有幾個零星的家族式墓地。每次經過那裡，池印都會小跑步加速經過。

跑到有人居住的地方，他才放慢腳步，看到屋裡透出的燈光，他想起爸爸，感覺有些寂寞，眼眶一陣溫熱。他又開始跑了起來，一直跑到

喜兒家的餐館前才停下來。

喜兒今天穿了橘色洋裝，紮了同色緞帶綁了辮子，看起來很可愛。

凝香把海鮮燴飯和什錦蔬菜湯端給他。池印大口吃著燴飯，濃郁的湯汁拌著熱呼呼的白飯，讓他暖和起來，把先前的寒冷不安都趕跑了。

「爸爸有沒有說什麼時候回來？」凝香走過來坐下。

池印搖搖頭說：「十幾天沒打電話回家了。」

凝香嘆口氣，示意喜兒再幫池印添飯加菜。

「我習慣了。」池印不想讓凝香擔心，用無所謂的語氣說。凝香想多說些什麼，又覺不妥，想了一下說：「等下找件外套給你穿，外面太冷了。」

快吃完飯時，窗外突然飄起毛毛雨。凝香上樓拿了一件藍色雨衣下來，遞給池印說：「穿著回家吧，喜兒爸爸留下的。」

池印起身把雨衣套上。凝香注意到池印長高了，身上的褲子顯得短了些。

池印遺傳父親的高大身材，看起來已經像個大人了。時間過得真

快，她第一次看到這孩子時，他才四五歲，不及她的腰高。

「對了，楊警官說最近有人鬼鬼祟祟在附近徘徊，回家小心，門窗要鎖好。」凝香臉上有掩不住的擔憂。

池印點頭答應。外頭是細微的雨絲，剛吃過飯，穿上雨衣後也不感覺冷了。他想一個人散步也不錯，慢慢晃到月芽角去了。

月芽角上很安靜，遠方有稀疏幾盞漁船燈火。他繞到石碑前，跟著碑上的筆畫寫了一遍——「天—地—大—好」，回憶當初爸爸握著他的手教他雕刻的感覺。

「像喜兒有個媽媽在身邊也很不錯。」池印靠著石碑坐下來，看著雨絲像銀針般細細地落入海面。

8 失蹤的老師

學校大門出來，往右邊走經過一排鳳凰木，就是通往隧道的方向，池印望著看不到盡頭的隧道，突然有種想坐車出月芽灣去找爸爸的衝動。

「跟我一起回家吧！」喜兒不知從哪裡冒出來，嚇到沉思中的池印。

「今天惜安帶一個小石雕去班上，他說是你送他的，同學都好羨慕呢。」

「嗯。」池印有點難為情。

「小印哥哥，也送我一個好嗎？」喜兒拉著他的手撒嬌。

不善於拒絕的池印，耐不住喜兒再三哀求，只好答應。還沒走出鳳凰林道，天色都快暗了。

「今天真是好運日，一早開門時，門口放了一個包裹，裡面有一件黃色洋裝，像是要給我的。」

「誰送的？」

「不知道。媽媽說不能收，就這樣把它留在門口。上次還放了個珠寶盒，裡面有條寶石項鍊，亮晶晶的，媽媽也不收。」喜兒嘟著嘴惋惜地說。

兩人七嘴八舌討論著誰是可疑的送禮人。繞過轉角，不一會兒就看到喜兒家的餐館了。

一進餐館，傳來奶油馬鈴薯培根的香味。餐館裡客人不少，池印放下書包，走到廚房幫忙。

凝香忙著炒菜，招呼說：「放學了啊！」

池印把爐子上燒好的甜豌豆湯舀入湯碗中，然後拿出餐盤排成一列，讓凝香把炒好的菜盛上，喜兒接著把菜端出去。

客人的菜都上桌以後，總算可以暫時休息，凝香盛了滿滿一盤馬鈴薯培根還有番茄炒蛋，讓池印在廚房裡用餐。

「阿姨不吃嗎？」餓了的池印，口中塞滿食物，邊吃邊問。

凝香正刷洗鍋子，回答說：「晚一點再吃。中秋節那天我要帶喜兒到鎮上去，一起去吧？」

「我爸說過年要帶我去。」池印遲疑著，一個人度過好幾個週末，有些寂寞，聽到凝香的提議，讓他有些心動。

「沒關係，你爸不會介意的。」凝香話說得委婉，卻有強制性。她看出了池印的心思，他怕造成旁人的負擔，總是客氣地與人保持距離，寧可一個人孤單。這樣不好，她想。

外頭又飄起雨了。「唉，秋天的雨，多下一次天就愈冷！出門記得帶外套。」凝香又不放心地叨唸著。

池印拿出書包裡的雨衣，本來想還給凝香，只好又穿著回去了。凝香不捨地看著池印遠去的身影。

客人走後，喜兒上樓作功課，凝香還在廚房忙著收拾。突然間，聽到餐館木門上的鈴鐺響了起來。

這麼晚了是誰來了？凝香走到前廳一看。

「不好，是張同學，這下又沒完沒了。」她在心裡哀嘆。

聽到鈴鐺響了，喜兒走到樓梯口偷偷往樓下看，「糟了，是鼻涕蟲。」她在考慮要不要請楊警官來。

張同學平常都穿得邋遢，今天竟然穿西裝打領帶。「真好笑，莫非他來求婚？」喜兒躲在樓梯口不停竊笑。

張同學拿出一個小珠寶盒，凝香往後退了幾步。面對凝香的拒絕，他沮喪極了，鬧了一陣，無計可施，只好把珠寶盒放在餐桌上，黯然離去。

看到張同學離開，喜兒鬆了一口氣。原想下樓看看他送媽媽的禮物，可是媽媽不喜歡她關心這種事。「下去鐵定會挨罵的！」喜兒悻悻

然地退回房間做功課。

凝香走到窗邊，無奈地看著窗外。夜色沉重，讓她想起往事。十多年前，她一定沒辦法想像自己可以在一個陌生的地方，帶個孩子，獨自開一家餐館。

身為家中的獨生女，從小被父母呵護長大，在學校認識了楊亭丰，畢業沒多久兩個人就結婚了。沒想到結婚後，生命竟然出現大逆轉。

她到現在都想不通，向來個性沉穩的亭丰，為什麼會突然做了這麼大的決定，要搬到月芽灣這麼偏僻的地方。她怎麼反對，都無法改變他的心意。

她想起二十歲那年的中秋節，亭丰帶她到月芽灣。她的高跟鞋斷了，亭丰背起了她，在亭丰背上睡了又醒的她，初次看到霧氣朦朧的月芽灣，以為到了仙境，那是她第一次看到「TANYA」族的月神祭。

剛搬來時，亭丰到月芽國小教書，空閒時就會帶著她四處逛逛。雖然如此，她還是不適應。這裡沒有都市的繁華熱鬧，也沒有親人朋友，所以她常哭。直到生下喜兒，也和這裡的人熟識了，情況才逐漸好轉。

就在她漸漸喜歡鄉間生活的悠閒愜意時，亭丰卻失蹤了。他失蹤時喜兒還不到三歲，月芽灣的人都認為他是被暴漲的溪水沖走了。

亭丰失蹤那天早上，他穿著一身黑色運動服，跟她說要去學校值班。她忘不了他抱著喜兒開心道別的模樣，還說回來要帶她們去海邊玩。

亭丰失蹤後，爸媽希望她能回都市生活，可以就近照顧。她卻堅持不肯離開。她擔心萬一搬了家，他回來會找不到她們。為了等他也為了養活喜兒，她在月芽灣開了餐館。

原本不太會做菜的她，搬來月芽灣後，空閒時間多，看到亭丰胃口不好吃得少，花了不少時間研究食譜，常常做出讓亭丰驚喜的菜色。

父母原先很擔心，捨不得她吃苦。不過餐館開業後，生意比想像中穩定，營運上軌道後，他們也放下心來。

曾經有人建議她到廟裡求籤，問問亭丰是生是死，不過她始終沒有去。她害怕老姜告訴她，亭丰真的死了，她不知道該怎麼活下去。而且，就算老姜說他已經死了，她也絕對不會相信，沒有科學根據，憑運

氣抽中的籤詩怎能判斷他的生死。

她總是期待，會有一天，她聽到叮叮噹噹的門鈴聲，推門進來的不是令人頭痛的騷擾者，而是她等待已久的亭丰。

9 鎮上的圖書館

中秋節的早晨，池印起得特別早，因為和凝香約好要到鎮上去。簡單梳洗完畢，他換上乾淨的牛仔褲和長袖T恤。

打開窗戶，涼風瞬間吹進來，讓他打了個寒顫。

爸爸還是沒有打電話回家，池印心裡著急，卻不知該怎麼辦。他站在窗前發呆，想到那天的山洞歷險。那個山洞有種神祕的吸引力，讓他很想再回去看看。他找出家裡的手電筒、童軍繩，一邊計劃著重返洞穴的時機。

時間還早，他打算刻個娃娃給喜兒。閉上眼睛默想喜兒的臉，都是微笑撒嬌的模樣。他先用塗料打草稿，然後再用刻刀鑿深。

完工後，他把小玩偶擺在桌上，乍看有點像喜兒，再仔細看，又有點像卓穎。想起卓穎，池印心中泛起酸澀又甜美的感覺，他有點想念她，卻不知怎樣可以再見到她。

工作告一段落，天色慢慢亮了。他背上背包，看了娃娃石雕一眼，想想還是先放著，有空可以再修飾。鎖好門，慢慢朝凝香家走去。

沒走多久，就聽到車子喇叭聲。凝香開著小貨車過來，喜兒穿著紅色外套，坐在後車斗上跟池印打招呼。

凝香從駕駛座探出頭說：「上車吧！」她戴著太陽眼鏡，過肩的捲髮隨風飄著，臉上化著淡妝，顯得很有朝氣。

池印爬上貨車，跟喜兒並肩坐著。喜兒遞上還溫熱的火腿三明治，正覺得餓的池印點頭道謝，大口吃了起來。

貨車搖搖晃晃開著，經過長長一排的木麻黃樹，兩個被太陽曬得暖洋洋的孩子，開始打起瞌睡，在後座搖頭晃腦。

不知過了多久，車身突然靜止，池印醒過來，眼前就是熱鬧的市集。四周的人群鬧哄哄地，喜兒揉揉眼睛伸個懶腰，凝香把車停在火車站的圓環前，示意他們下車。

市街上非常熱鬧，擺攤的小販吆喝著，他們邊走邊逛，非常興奮。凝香帶他們到一處賣衣服的小店，幫池印挑了長褲，也幫喜兒買了紫色的絨布洋裝。

吃飽飯後，凝香要池印到附近逛逛，她要帶喜兒去買一些料理用的乾貨，約好下午四點在圓環前見面。

池印隨意晃晃。他注意到巷尾有棵很大的鳳凰樹，樹後面有一間造型特別的大房子，像是有錢人家的宅院。這宅院的設計和周圍的房子不同，有日式建築的感覺，得先經過一座咖啡色拱橋才能進門。

他好奇地走了幾步階梯，看到房子裡排著一列列的書架。書架上排滿了書，四周都是窗戶，陽光溫和地照進來。

「請進！」聽到招呼聲，池印回頭看，心裡一震，那個令自己難忘的女孩就在眼前。「卓穎！」他在心裡叫出她的名字，雖然臉上的表情

還是酷酷的。

卓穎也認出他了。她的眼睛彎成半月形，紅潤飽滿的嘴唇像晨曦中沾著露水的玫瑰花瓣，笑著說：「這裡是我爺爺留下來的房子，我爸爸把它用來當作圖書館。」

池印跟著她參觀圖書館，看著卓影的長髮在背後晃啊晃，讓他幾乎看呆了。

房子很大，有好幾個房間，每個房間都排滿書架，而不管從那個房間望出去都可以看到種滿花草的庭院。

「你慢慢逛，要借書時來找我登記就可以了。」卓穎說完轉身離去，池印凝望著她的背影，有些悵然若失。

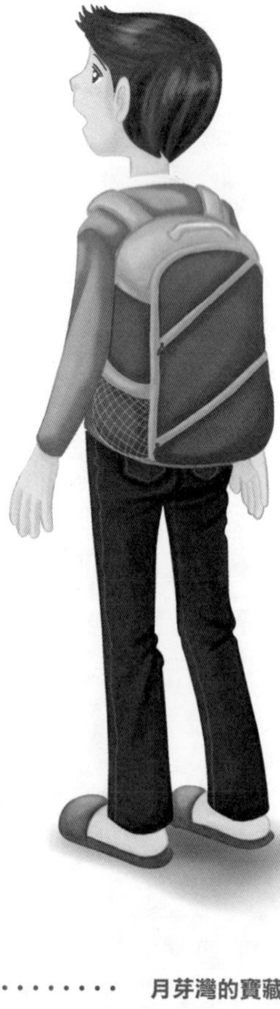

他游走在書架間，指尖如撥動琴弦般在成排的書背間移動，呼吸著書本的氣味，新的書舊的書混雜的味道，學校圖書館裡也常聞到這樣的氣味。

他先找了一兩本野外求生的書。不過，書實在太多了，在書架間穿梭的池印，像在走迷宮，連續幾次走回相同的房間。

正當頭昏腦脹之際，卓穎突然出現在眼前，笑說：「有幾本書很好看，要不要看看？」

池印跟著她走到另一個房間。卓穎駐足在一個木頭書櫃前，抽出兩本書說：「這是《怪盜亞森羅蘋》，是個有俠義性格又有本領的怪盜，這系列是他的冒險故事。」冒險故事跟池印現在的心情剛好符合，因此他毫不猶豫地接過書。

「啊，糟了！」池印突然想起和凝香的約定。

看到池印著急的表情，卓穎體貼地說：「你快走吧！我幫你登記借書。」

「謝謝。」池印心急如焚，匆匆往外跑。

「你叫池印對嗎？」卓穎在背後高聲追問。

「對——」池印的回應帶著藏不住的興奮，卓穎記得他的名字耶。

池印急急趕往約定地點，看到凝香站在貨車旁左右張望。

他氣喘吁吁地跑過去，連聲說：「對不起對不起。」

「真是急死人了，平安回來就好。」凝香摸摸他的頭，轉身走回駕駛座說：「上車了，我們回家吧！」

爬上車，看到喜兒氣呼呼地瞪大眼睛，一句話也不說。

池印翻著借來的書，偷偷瞄著喜兒，不知如何開口才不會碰釘子。

他撫摸膝上的書，聞著書的氣味，感覺自己和過去有些不同。外表上看來，他沒有什麼改變，可是在心裡卻藏著不想告訴別人的祕密。他發現了一個神祕洞穴，還找到一座圖書館，知道了卓穎家的圖書館。這些遭

遇，跟他過去的日子相比，真是精采許多。

大概是玩累了，兩個孩子隨著車子的顛簸晃動，不知不覺地睡著了，醒來時車子已經停在餐館前。

「幫忙把東西搬下來吧！」凝香催促著。

「糟了，我把衣服放在圖書館了！」池印重重拍了自己的腦袋。

「哪裡的圖書館？」滿手大包小包的凝香，訝異地停下來。

池印慚愧地低著頭，說：「巷尾有棵鳳凰木，樹下有座橋，一棟很漂亮的房子。」

凝香想了一下，說：「那個圖書館啊，沒關係，再找時間去拿！」她拍拍池印的肩膀，安撫他說：「走了，準備過節去了。」

10 TANYA族的月神祭

廚房裡，凝香忙著把出門前醃好的食材依序丟進烤箱裡。她邊忙著，不忘指揮兩個孩子，她要喜兒切下一大塊麵包和奶油，要池印拿餐盒準備盛裝。

原本為了池印遲到悶悶不樂的喜兒，忙著準備過節，也忘了生氣，開心地問：「映月老師也會和我們一起野餐吧？」

「對啊！她先佔位置去了。」凝香拿起櫃子旁的酒瓶，遺憾地看了一眼，對池印說：「唉，可惜你爸爸不在，不然就可以帶這瓶葡萄酒去

喝了！」

銀白色的月亮時隱時現，在秋夜的霧氣中顯得迷濛。坐在月芽角，望向大海，群山為背，如同置身仙境。每年此時，常有觀光客來此欣賞這浪漫的傳說之地。

流傳已久的月神祭，每到中秋也會在月芽灣舉行。對以前的「TANYA」族人來說，月神祭是很神祕的儀式。不過近幾年，吸引了很多人前來觀賞，已經變得像公開的觀光慶典了。

平時靜謐的月芽角，今天顯得很熱鬧，有些早到的人，已經喝酒喝得微醺，忘情地唱歌跳舞。

映月已經到了。她今天穿著寬大的連身黑色洋裝，披上米黃色的薄羊毛披肩，喜兒看到她，笑說：「老師，妳今天穿得好像黑木耳炒薑絲。」

「看看妳自己，是番茄炒蛋。」凝香把穿著紅色上衣的女兒取笑回去，邊把餐盒拿出來擺放好。

「看起來好好吃喔！」映月等不及餐盒擺好，搶先掐了一根奶油蟹腳往嘴裡送。

不遠處傳來鑼鼓聲，熊熊火光伴隨著嘹亮的歌聲。

「月神祭開始囉！」喧囂的人潮往石碑方向移動，池印喜兒也擠進人群中，爭睹華麗又熱鬧的祭典。

TANYA族人高歌唱和，族裡的長老舉起蘆葦做成的火把，朝向天際，像在呼喚遙遠的月神。

儀式到達高潮時，觀光客也在火堆外圍成圈，牽手跳舞來助興。兩個孩子因為好玩，也跟著加入又唱又跳，在帶著涼意的秋夜裡，跳出一身汗。祭典結束後，原本圍成大圓圈的人潮，分散成幾個小圈圈，繼續玩樂舞蹈。

看完熱鬧的池印和喜兒，肚子餓了，回到凝香身邊，滿足地吃著東西。

啃著烤玉米的喜兒，嘴邊沾滿醬汁和玉米屑，對池印說：「每到中秋節，最紅的就是月神祭和池伯伯刻的石碑了！對了，要送我的石雕娃娃還記得嗎？」

池印怕被大家取笑，不希望石雕的事變成討論的話題，用眼神暗示喜兒別再提了。

「我真的非常想要石雕娃娃。」喜兒嘟著嘴說：「有天晚上，我夢見小印哥哥刻了三個娃娃，但是只要給我一個。我一直哀求他，他終於答應三個都給我。為了確定這不是夢，我就把眼睛張開，沒想到一張開什麼都沒有了。」

「後來我想，不要貪心了，兩個也好，一個也好，反正有就好了，我又趕快讓自己睡著，想把夢連起來，沒想到卻找不到石雕娃娃了。真是好悲慘，害我那天睡了好久又好累。」

「沒想到妳還會在夢中演連續劇啊！」凝香笑她。

聽喜兒提起石碑，池印好奇地問：「老師，原先那塊石碑到哪裡去了呢？」

「不知道耶，地方誌上沒有記載，不過聽說原本那塊石碑是張藏寶圖。懂風水的老人家曾說，月芽灣其實是一隻鳳凰，月芽灣以前就叫做『鳳凰角』，這兩邊的彎角是鳳凰的翅膀，後面的月芽山，」映月指著後方，「你回頭看看，像不像鳳凰的頭呢？」

天色已黑，回頭望去，月芽山在明月映照下，只現出隱約輪廓。

映月繼續說：「相信風水的人認為，如果鳳凰翅膀被重物鎮住了，怎麼飛得起來呢？所以鎮上的代表們開會討論後就把石碑拆除了。」

池印不解地追問：「既然拆掉了，為什麼還要立新的碑呢？」

「為了改善月芽灣的交通，政府鑿穿月芽山挖了隧道。月芽灣的人都很高興，以為石碑拆得對，鳳凰果然要展翅高飛，月芽灣將要有發展了。沒想到過沒幾年，竟然發生大地震。」映月搖搖頭，苦笑說：「地震發生後，又有人說，挖隧道等於在鳳凰的喉嚨挖了個大洞，把鳳凰害死了，月芽灣才會發生大災難，於是又有人主張把石碑放回去，有祈求鎮宅保平安的意思吧！」

先前唱歌跳舞的人漸漸散了，嘈雜聲淡去。池印想起爸爸，不知道他在哪裡？一個人過節會不會很寂寞呢？映月老師說，原本的石碑可能是張藏寶圖。那麼舊的石碑到哪去了呢？

已是深夜，池印感覺有些睏了，索性躺下來，仰望著天邊的月亮發呆。

11

幫爸爸求籤

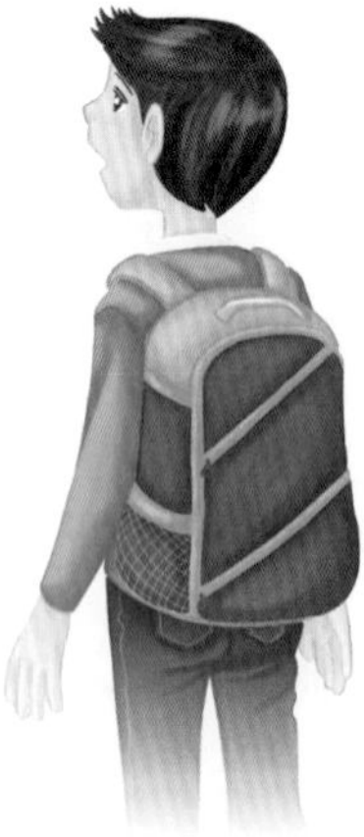

這天，學校提早放學，池印說要跟惜安回家，兩人邊鬧邊玩，一起回到廟裡。

一群麻雀聚在廟埕，有人走近，倏地飛開。

惜安先進房間把書包放好，轉身出來，看到池印走到佛像前面上香，表情嚴肅合掌祈禱。

「你要幹嘛？」惜安好奇地問。

幫人解完籤的老姜緩緩走來。池印轉頭跟老姜說，「阿公，我想求

籤問問爸爸好嗎？」

老姜點點頭。池印恭敬地擲筊抽籤，再照著竹籤號碼抽出籤詩給老姜看。

老姜把籤詩拿近眼前，想了一下說：「這首是目蓮見母。」

他說：「目蓮尊者是佛祖的弟子，可是目蓮的媽媽生前做了不好的事情，死後被閻羅王打入地獄受苦。有一天，目蓮神遊地獄，看到媽媽變為餓鬼，肚子很餓卻沒辦法吃東西，飯菜只要送到媽媽面前，就會變成一團火。目蓮非常傷心，去找佛祖幫忙。佛祖告訴他，每年到了農曆七月十五日，準備百味五果給來化緣的僧眾，他媽媽就可以從餓鬼道解脫了。」

惜安看看不發一語的池印，問說：「他爸爸被抓到地獄去嗎？」

老姜皺眉掃了惜安一眼，暗示要他閉嘴。「這首籤是好籤，神明會保佑你爸爸平安，不必擔心。」他思量，解釋太多，孩子不容易懂，反而會胡思亂想，於是簡單做了結論來安慰池印。

愁眉不展的池印，只記得籤詩的故事，聽不進老姜的安慰，惜安的地獄說讓他耿耿於懷。

他悶悶地告辭回家。邊走邊把玩口袋裡的爸爸石雕，心想瀑布後頭的山洞就是籤詩指的「地獄」嗎？爸爸被困在裡面嗎？

「唉，到底是怎麼回事？」憂慮像一根根的鐵釘，不停敲進他的腦袋，讓他頭痛極了。

心煩意亂的他，不知該怎麼辦。隨手拿出借來的《亞森羅蘋》，一頁一頁翻著。

這個很有俠義精神的怪盜，憑著矯捷的身手和過人的機智，總能在危險關頭化險為夷。精采曲折的冒險故事，安慰了池印慌亂的心情，他漸漸融入書中的驚險情節，拋去焦慮和不安。

12 凝香的回憶

細雨紛飛的午後。用餐的客人都已經離去，通常這個空檔是凝香休息的時間。不過今天的她卻顯得有些不安。走到冰箱忘了要拿什麼菜，拿了開罐器找不到要開的罐頭，反覆幾次，她也發現到自己不太對勁。

前幾天，楊警官來吃飯，提醒她要提高警覺，有身份不明的人在附近徘徊。凝香聽了，想到自己和喜兒，孤兒寡母，心裡很不安。

過了這個秋天，她的先生亭丰就失蹤九年了。

九年來，她每天都提醒自己要振作。即使生病不舒服，她都堅持要

開門營業，她相信總有一天會等到亭丰回來。

這幾年來，她曾在夜裡接到不出聲的電話，她對著話筒不停地叫著他的名字，那頭只傳來空洞的回聲，不過她仍然相信那是亭丰打來的電話。

她看著牆上用蠟筆畫的全家福，那是喜兒的美術作業，幾乎每年暑假都會畫一張，每年造型都不同。喜兒用她的想像力塗鴉。冰箱旁邊這張，是她想像爸爸老了，長白髮了；櫃子上的那一張是她想像爸爸變胖了，有一個大的啤酒肚。原本亭丰失蹤時她還不滿三歲，與其說是她思念爸爸，不如說她是用來安慰媽媽，給媽媽一個希望。

這幾年，她常看著他的照片，亭丰的臉幾乎被她像背書一樣記下來了。她很想念他，卻沒辦法見到他，想到這裡，她不禁熱淚盈眶。

她抬頭看看牆上的時鐘，雖然意興闌珊，不過由不得她發呆太久，她起身走到料理台前，把馬鈴薯紅蘿蔔整齊排好削皮，然後細細切丁。

這種不用花腦筋的重複工作，可以平復她不安的情緒。她把材料全部拌進大鍋子裡，慢慢倒入胡椒紅椒粉和咖哩粉，她要做咖哩飯。

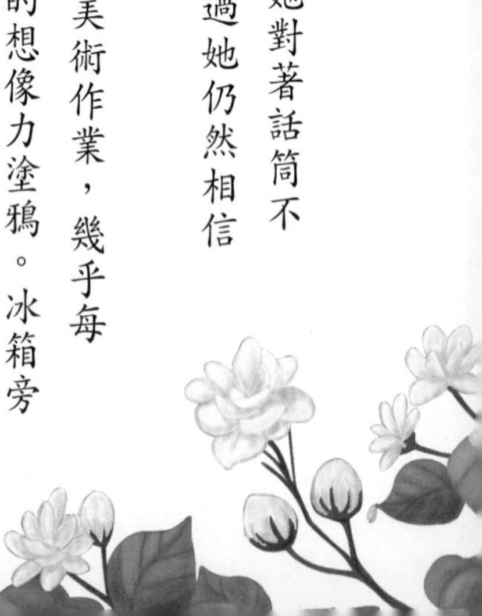

她憑什麼相信亭丰還活著呢？想到這裡，她無奈地嘆口氣。

木門上的鈴鐺響了起來，把凝香從沉思中喚醒過來。應該是喜兒放學了，她趕緊抹掉臉上的淚水。

看到喜兒，凝香擠出笑容說：「把書包放下再來幫忙。」

喜兒好奇媽媽煮了什麼，走到爐子前掀開鍋蓋，鍋子裡的東西咕嚕嚕地滾著。她試吃了一小口，眉頭瞬間皺在一起。「太辣了，媽！」喜兒搖搖頭說：「媽，妳是個天才，可是只要不專心，做出來的菜就好可怕啊！」

兩人手忙腳亂地加入其他材料中和後，味道好多了。喜兒放下心，在一旁幫忙遞碗盤，問說：「媽，妳看過惜安家的阿塗嗎？」喜兒邊說邊比著阿塗披頭散髮的模樣。

凝香搖搖頭說，「聽說過，可是沒看過。怎麼了嗎？」

喜兒踮著腳尖湊到凝香耳邊說：「今天放學後，看到他出現在學校附近。經過他身邊時，剛好一陣風把他的頭髮吹開了，我不小心看到他的臉。真的很可怕，他的臉被火燒傷了，臉上有一條條紅紅的痕跡，害我嚇了一跳。」

凝香聽了擔心地說：「楊叔叔說最近有壞人在附近逗留，要小心。」

「別擔心啦！惜安說他是個好人。他只是看起來很可怕，其實他很可憐。」

「要小心就對了。」凝香忍不住又叮嚀了一次。

「老闆娘！肚子餓了。」木門叮叮噹噹被推開，有客人上門了。

「歡迎光臨！」喜兒趕緊出去招呼，順手把燈都打開。一瞬間，溫暖的燈光照亮了整個餐館。

凝香打開鍋爐，把蝦米油蔥下鍋爆香，大火一拌炒，整個廚房發出撲鼻的香味。

13 圖書館主人

帶點涼意的傍晚。趁著今天提早放學，池印想自己到鎮上去拿回衣服，彌補自己的粗心大意。他賣力地踩著腳踏車前進，碰到上坡路段特別費力時，就哼起歌來幫自己加油。其實也可以搭公車，不過他卻想自己騎腳踏車，這是一次大冒險。除了一些些恐懼，還有莫名的興奮。

他想起卓穎，希望今天能看見她。他暗暗祈禱圖書館千萬不能提早打烊，不然自己老遠騎車的大冒險，就會失去意義，想到這裡他不自覺地加快速度。

微風輕輕拍打身體，感覺心曠神怡。碰到連續下坡的路段，完全不用費力踩，速度卻快得像要飛起來。

身體微微出汗時，池印已經到了鎮上，除了偶而有野狗狂吠追著他跑以外，其他一切都很順利。

繞過圓環，轉入小巷時，池印的不安加劇。直到經過鳳凰樹，看見屋裡透出暈黃的燈光，他才放下心來。

他踏上階梯，沒有看到人，只好大聲叫：「有人在嗎？」圖書館裡點著明亮的黃色燈光，跟白天的感覺很不同。

等了一下，四周寂靜無聲。就在他不知所措時，聽到腳步聲。聲音像是從底下傳上來，原來這裡還有地下室，那天還來不及參觀。

帶著金邊眼鏡的卓明非，從樓梯間走出來，朝他點點頭，「來借書啊？」

池印點點頭，他是卓穎的爸爸，上次在餐館看過他。

「我來還書。」池印恭敬地遞上書本，眼睛不自覺地四下搜尋，沒看到卓穎。

卓明非拿過書看了一下：「亞森羅蘋，非常適合愛冒險的孩子。」眼光接著移到他制服上繡的名字，恍然大悟說：「你是池印？」

「嗯。」池印點點頭。

卓明非問：「最近都沒看到你爸爸？」

「他出去找石礦了。」池印記掛的事情又被重新提上心頭。

「爸，吃飯了。」門外傳來清亮柔軟的聲音。

是卓穎！池印心跳加速，嘴角不自覺地上揚。

她今天穿著水藍色的洋裝，像個活潑的小仙子。看到池印，她有些驚喜地問：「你來借書嗎？」

卓明非笑著說：「一起來吃飯吧！」

池印困窘地拒絕，說：「我得回去了，太晚了。」

「你怎麼來的呢？」卓明非問。

「騎腳踏車來的。」

「腳踏車？」卓明非和女兒同時驚呼出聲。

「從月芽灣騎腳踏車到這裡來？你太勇敢了吧！一起吃飯吧，吃過飯我開車帶你回家。」卓明非霸道地說，語氣完全沒得商量。

他帶著池印往裡面走，樓梯間轉角一道牆，牆後赫然出現一個燈火明亮的房間。

室內充滿悠揚的音樂，發出聲音的是牆角看起來很古老的音響。

卓穎把飯菜擺開，卓明非拿了餐具給他。池印不太自在，卻又不知如何拒絕。他邊吃飯，邊看著卓明非父女親暱的互動，回想和爸爸吃飯的記憶，像是很遙遠的事了。

吃過飯以後，卓明非站起來說：「我們必須走了，小穎也一起來吧！到月芽灣賞月去。」

卓穎高興地跳起來，俐落地把餐具收到料理台。

正當卓明非準備熄燈時，突然聽到卓穎叫了起來：「對了，你上次有東西忘記帶

走了。」

池印重重地打了自己的腦袋，從一進圖書館，他就把拿衣服的事情給忘記了。

確認東西都拿了，卓明非發動車子，帶著兩個孩子朝月芽灣出發。

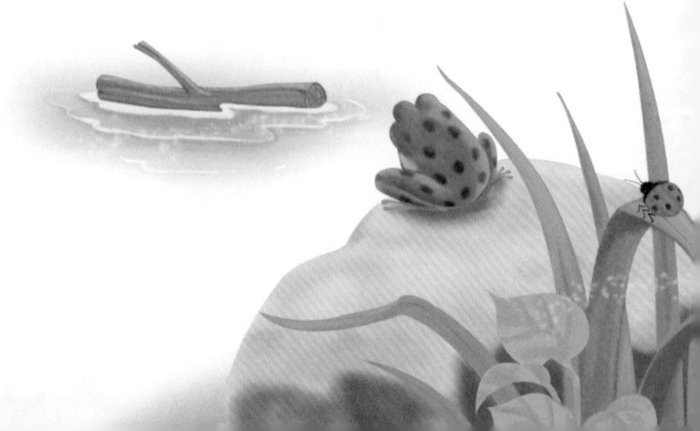

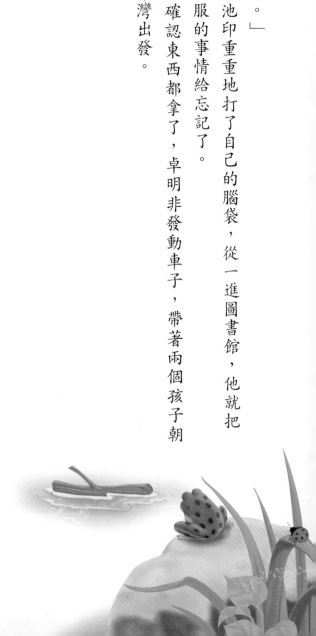

14 聖地之謎

池印坐在副駕駛座，回想這個神奇的夜晚，他和卓穎一起吃飯，現在還坐在同一輛車上。他沒有想到可以和她這麼接近，這種感覺讓他緊張又喜悅。

車子駛進隧道前，看到巍然站立的月神石雕，在微微的月色下，守護著入夜的月芽灣，溫柔的眼神望向天際，像在為一個美好的夜晚祝福。

「爸爸……」池印雙手合十，默默為父親祈禱。

車子緩緩停住，卓明非帶著他們走向月芽角。靜夜裡的月芽灣寒意漸深，對岸的恆翠山融入黑夜裡，高聳入天的大山成為明月的背景，像是一幅潑墨畫。

卓明非看著石碑說：「當初你爸爸為了刻這塊石碑，才會來我的圖書館找舊石碑的資料。」

池印點點頭說：「老師說，原來那塊石碑可能是張藏寶圖。可是鎮上有人認為石碑對月芽灣的風水不好，就把石碑拆了。」

「你知道拆掉的石碑哪裡去了嗎？」

「哪裡？」兩個孩子不約而同望向卓明非。

「就在我們家的圖書館。」

「真的？」卓穎水汪汪的大眼睛骨碌碌地轉動，像是回想圖書館哪裡有石碑。「爸爸騙人！我從來沒看過。」

「我沒有騙妳！」卓明非苦笑著說：「傳說中的神祕石碑，先前有很長的時間躺在圖書館後院的土堆上！」

「爸爸，你難道不懂得要保存古蹟嗎？更何況上面有藏寶圖耶！」

卓穎露出不可思議的表情。

「唉！」卓明非嘆道，「我原先不知道那是古蹟啊，更不曉得什麼藏寶圖。當時碑上覆蓋泥土灰塵，只是塊髒髒的大石塊，以為是古厝哪面不要的磚牆打下來的。」

「那石碑怎麼會放在我們家呢？」

卓明非看到女兒的急切，搖頭苦笑，說到寶藏，人人好奇。

「當時妳的曾祖父，是地方上的仕紳，鎮上大小事都會來請教他。他主張不要丟掉那塊舊石碑，家裡有閒置不用的宅院，可以暫時保管。」

卓明非說，石碑任憑風吹雨打，表面又髒又長青苔，要改建圖書館時，就跟廢棄的磚瓦一起清掉了。

「後來池印的爸爸告訴我，從他找到的資料來推敲，石碑應該放在我們家。根據他的形容，應該就是被我丟掉的大石塊。唉！」卓明非嘆了一聲，苦笑為自己辯解：「寶藏的價值見仁見智，像我的藏書，很多人不屑一顧，對我來說卻是寶物。」

他們面對大海坐下來，享受月芽灣的清風明月。

「藏寶圖背後，其實還有更驚心動魄的故事。」卓明非看著遠方，悠悠說起遙遠的故事。

兩三百年前，住在月芽灣的原住民TANYA族非常剽悍，官兵想征服他們都碰到激烈對抗，最後都只能無功而返。

月芽灣有大山屏障，地勢驚險，外來者對地形不熟，要入侵並不容易。而且，TANYA族在附近發現了一個隱蔽的山洞，就是他們傳說中的「聖地」。「聖地」所在隱蔽難尋，一般人根本不容易接近。

有天，外國船隊運送貨物，不幸碰到颱風，船隻被吹到月芽灣擱淺了，必須把貨物運上岸安置。他們沿著入海口溯溪上岸，TANYA族人以為敵人來攻，雙方發生激戰。

外國商船有火炮炸藥，武力強大，造成TANYA族死傷慘重。不過外國商船的食物飲水也在颱風和戰爭中消耗光了，兩方人馬思考過後決定談和。

因為語言不通，所以找了翻譯，談和的條件是外國商船讓出一半的寶物和武器；而TANYA族要幫他們看守貨物，等外國商船到鄰近國家修好船隻後，TANYA族要負責幫他們補充食物飲水，並保證他們都能安全離開。

TANYA族頭目擔心外國人日後反悔，決定把這些貨物搬進聖地保管。

雖然交易談成了，可是外國人藉由居中翻譯的人得知，TANYA族和官兵們的衝突矛盾。他們不甘心武器和寶物被瓜分，而且擔心他們離開月芽灣修船時，寶物會被全部併吞，於是找人畫下月芽灣的詳細地圖，並給了居中翻譯者金銀財寶，請他去通風報信，打算與官兵裡應外合殲滅TANYA族後，再藉機取回寶物。

居中的翻譯心想，自己並非TANYA族人，他擔心TANYA族人可能為了保守寶藏的祕密而殺掉他。況且兩方若發生衝突，他恐怕也無法倖存，所以他就託人拿著地圖去通報官兵，自己趕緊躲了起來。

後來，在外國人與官兵兩方合力夾擊下，TANYA族人幾乎被消滅殆盡，剩下一些躲藏在聖地山洞裡的老弱婦孺。

「那些外國人呢？」卓穎問。

「TANYA族人戰鬥力強又熟悉地形，雙方激戰後，外國人也所剩無幾了。」

「所有人都死了？」

「或許還剩下一兩個人吧，就是在石碑上含恨刻上『恐怖的大牛角』的人。」

卓穎恍然大悟說：「原來他們說的恐怖，並不是指颱風，而是指TANYA族啊！可是剩下殘兵幾人，怎麼會想到立這麼大的碑呢？」

卓明非搖頭說：「根據翻譯留下的資料，那塊碑不是外國人立的，他們只是在碑上留字，才讓人誤以為石碑是他們立的。那塊碑其實是TANYA族人立的，所謂的藏寶地圖，就是原住民『聖地』的地圖。」

「逃走的翻譯有留下資料嗎？他還活著嗎？」卓穎納悶地問。

「那是兩三百年前的事了，那個翻譯怎麼可能還活著。」卓明非的表情很凝重。

卓穎覺得奇怪，為什麼平常幽默開朗的爸爸，每次一來到月芽灣就變了樣，頻頻嘆氣呢。

「爸……」她還沒說完，卓明非就伸手制止她，「別再說這些傷心的事了！」

卓穎站在石碑前沉思，月色輕輕籠罩著她，讓她明亮得有如月中仙子。池印凝望著她，很難想像，月中仙子站著的地方，曾經發生過慘烈的戰爭。看到卓明非欲言又止，池印疑惑月芽灣究竟還隱藏著什麼祕密呢？

15 石桌的暗示

又隔了幾天，還是沒有爸爸的消息。

池印想起那晚卓明非在月芽灣說的話，懷疑爸爸會不會也跑去尋寶了？

當初爸爸追蹤舊石碑的下落，只是為了雕刻新石碑做參考，或者爸爸已經知道石碑是藏寶圖呢？當爸爸知道卓明非已經把石碑丟掉了，以爸爸喜歡追根究柢的個性，極有可能繼續追蹤石碑的下落。按照時間推敲，爸爸雕刻碑文是搬來月芽灣後一、兩年的事情。

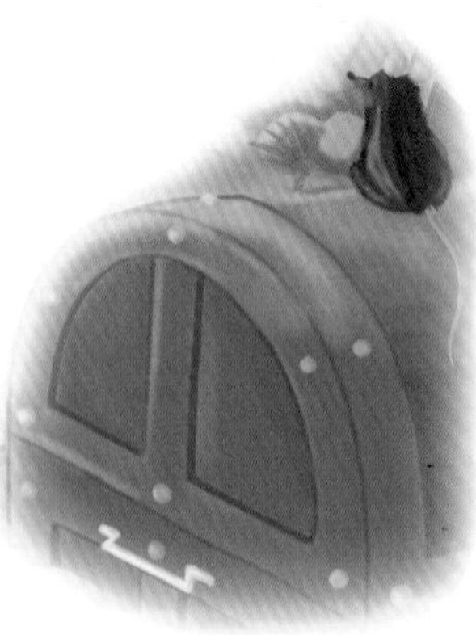

他閉上眼睛，想像剛搬來的樣子。他看到四、五歲的自己，常常躲在桌子底下玩，印象中他的頭常撞到石桌冰冷堅硬的尖角，爸爸才因此把桌角磨平。

倏地，他張開眼睛，跑到石桌前。「這張石桌？」池印激動又不可置信地撫摸朝夕相處的石桌。

他找出手電筒，爬到桌子下，仔細照射，用手指感覺石桌底下凹凸不平的刻痕，的確如卓明非說的，刻痕很淺，很難辨認。就算字跡還在，他也看不懂外國文字。

池印趴在地上想了一會，石板地很冷，讓他打了個噴嚏。

這張石桌，從小跟著他一起長大，讓他在上面吃飯玩耍的石桌，就是傳說中藏有寶藏線索的石碑嗎？池印起身，苦惱地趴在石桌上，側臉緊貼桌面，石桌冰涼地回應他，瞬間他靈光乍現。

他用手推開石桌上羅布的石頭小兵，仔細撫摸石桌表面的紋路，他沿著形狀不規則的石桌繞了一圈，每個角度都認真地看了一會，最後定在一個位置，平常他和父親對坐，下棋吃飯聊天，很少用這個方向看石桌的紋路。從這個角度看過去，石桌的紋路跟那天進去的瀑布山洞實在太像了。

照卓明非所說，「所謂的藏寶地圖，就是TANYA族的『聖地』地圖。」難道他發現的洞穴就是傳說中的TANYA族聖地嗎？可是，天然的石塊怎麼會自行形成一張地圖？難道爸爸這次出門是去尋寶？寶藏就藏在那個怪異的牆面背後嗎？

一連串的謎團困擾著他，神祕的洞穴像有股吸引力，不停召喚他回去。想到這裡，池印決定重返洞穴一探究竟。

調查好潮汐和天氣都適合的一個假日，池印把水壺乾糧手電筒繩索等等全用塑膠袋裹住，塞進背包裡。確認東西帶齊了，他拿起桌上的爸爸石雕當作護身符，謹慎鎖好門，再把鑰匙藏回門口的鳳凰木下。出門時，天色未亮，他打算趁大家還沒甦醒時趕快出發。

山風清冷，太陽還未升起。他走得很快，邊走邊把玩口袋裡的爸爸石雕，心中唸著和惜安一起背的咒語，幫自己的冒險打氣。那咒語可是能幫助唐三藏擊退壞蛋的啊！

下到溪谷時，他先測試溪水的溫度。溪水緩緩流過，不似上次湍急，他尋找自己留下的記號，沿著記號涉水前進，想到上次差點滅頂，他仍心有餘悸。

突然在身後響起了叫喚聲，他以為自己聽錯了。叫喚聲愈來愈急。他回頭一看，遠遠站著的人影好像喜兒。她怎麼會這麼早出現在溪邊呢？

池印比出手語，要喜兒回去。那是他們平日在溪裡玩耍、為了溝通方便好玩編出的手語。

喜兒也用了手語比著，「我也要去。」兩人比手劃腳僵持著，池印轉身往前走，不再理會她。

沒想到喜兒的呼喚聲愈來愈大。池印擔心，如果沒有理會喜兒，引起其他人的注意，那麼他的計畫鐵定要泡湯了。不再多想，他連忙回頭折返。好不容易回到岸邊，池印握著拳頭怒氣沖沖地瞪著喜兒。

只見喜兒委屈地說，自己一大早來送早餐，沒想到門鎖上了，晃到溪邊來才看到他，忍不住擔心，只好大聲叫他。

池印感受到喜兒的關心，溫和地說：「我有急事，回來再詳細跟妳說。」

「不行。我要跟你一起去！」喜兒的表情很堅決。

池印眼看太陽已經升起，再拖下去，可能會有人到溪邊來，自己的冒險計畫恐怕會被阻止，只好答應。喜兒開心地捲起褲管，涉水入溪，把早餐遞給池印。

池印打開背包，把她帶來的早餐和乾糧放在一起，紮緊袋口。再拿出繩索，一邊套住自己，另一邊要喜兒綁在腰間，重新出發。

再次走同樣的路，池印熟練多了。為了讓喜兒跟上，他刻意放慢腳步，一邊留心腳下的青苔和附近的漩渦。跟在身後的喜兒，似乎也體會到溯溪的困難，小心跟在池印身後。還好溪流不像上次那麼急，滑了幾次不太嚴重的跤，兩人總算到了對岸。

經過漫長又費力的溯溪，兩人都有些氣喘吁吁。池印找了個大石塊坐下來，告訴喜兒上次的歷險，她驚訝地瞪大眼睛。

順著池印指過去的方向，她撥開蘆葦叢往洞穴裡看，朝裡面呼叫幾聲，只有回音空洞地傳回來。

「所以這次你要再鑽進這個山洞？」

池印猶豫地指著喜兒再指指自己，說：「不是我，而是我們。還是妳要留在這裡等我？」

喜兒很高興他用了「我們」這個字眼，表示他會帶著她一起行動。她想也不想，便說：「當然要跟你一起去。」

池印蹲下來，用繩索綁住腳踝，繩索另一邊捆緊背包。

喜兒好奇地問：「你在做什麼？」

「洞穴很小，有些地方只能爬行通過，背著背包恐怕過不去。」池印拖著背包在地上走了幾圈，確認綁緊了，拉起喜兒說：「出發吧！」

有了上次的經驗，再加上喜兒壯膽，池印不再那麼惶恐害怕。喜兒有時會因為恐懼想靠近池印，卻被拖在地上的繩索和背包絆倒。愈深入洞穴內部愈窄，池印的腰愈彎愈低，到後來只能趴下來爬行了。

「妳不要拉住繩子，會害我爬不動！」黑暗的山洞裡，只聽到背包拖在地上的聲音和兩人前後呼應的喘息聲。

「還要爬多久？」喜兒唉叫抱怨，「小蟲子咬得我好癢。」

「就快到了。」池印伸手觸頂，發覺洞穴漸漸大了，他站起身，解開繩索，背起背包繼續前進。喜兒也跟著站起來。前方漸漸亮了起來，池印知道來到溫泉瀑布口了。

喜兒無法適應瀑布口的亮光，眼睛瞇得睜不開。等她張開眼，看到陽光從洞穴頂的縫隙穿透下來，四周奇石林立，鐘乳石林從洞頂垂下，不覺驚呼：「哇！好漂亮喔！」

即使是再次到訪，池印還是覺得這裡美得無法形容。洞穴裡的水晶折射出耀眼光芒，溫泉池吐出輕煙飛霧，一進到洞內就覺得心曠神怡。

驚嘆過後，兩人相視一看，不禁哈哈大笑，因為對方身上臉上都是爛泥巴。池印卸下背包，率先跳進溫泉池裡，喜兒跟著跳進來，兩人開心玩水，順便洗去髒污。

爬上岸後，池印拿出背包裡的水和三明治分給喜兒。現在應該是下

午了吧，喜兒還沒回去，凝香阿姨應該會很擔心，不過現在提這件事情，只是徒然讓喜兒煩惱。

吃過午餐，池印腦海裡浮現出石桌表面的地圖，對照這裡的狀況，再清楚不過了。就石桌上的地圖來看，瀑布後頭應該有兩條岔路，一條上次走過了，有個出口通往海邊。另外一條在哪裡呢？

池印閉上眼睛想，另外那條路，最有可能藏在那面質地怪異的牆裡。回想石桌上的紋路，另外那條路石紋不清，像是條溪流又像是通道，真的會有路走嗎？

他望向瀑布深處的洞穴，那日在老姜廟裡抽的籤詩又浮現眼前。

不管了，往前走就對了，池印咬牙下定決心。

16

洞中的遺骸

池印背上背包，把繩索綁在腰間，另一邊綁住喜兒，慢慢涉入溫泉池裡，喜兒也跟進來。

池印叮嚀：「穿越瀑布底下時，記得要閉氣！要往邊邊游，水溫比較低。」喜兒點點頭。

這次渦流的力道沒有上回強勁，溫泉水池深度也不及上次，要進瀑布裡的洞穴比上次簡單多了。

「啊！」突然間，池印感覺繩索一緊，差點喘不過氣來。回頭一

看，喜兒的手朝空中胡亂拍打著，像是溺水了。

池印趕緊游過去，把手伸向她。喜兒慌亂中勒住了池印的脖子，池印緊張得汗涔涔下，手腳仍然奮力打水。

喜兒像是昏了過去，緊箍住他的力量也減弱了，不知奮戰多久，總算勉強靠上岸邊。池印用力拍打喜兒，只見喜兒哼了一聲，吐了幾口水，眼睛慢慢睜開。

「妳醒了？」急得紅了眼眶的池印，高興得說不出話來。

休息一陣子，池印拿出手電筒，牽著喜兒的手繼續往前走。他們靠著岩壁踩著階梯前進，走沒多久，就進入乾燥的石階了。

「怎麼會這樣？」池印納悶，上次發現那面牆時，身體還泡在水裡，怎麼這次已經完全脫離水路，卻還沒有發現那面牆？

他在原地站了一下，再往前走幾步。走了一會，那面牆出現了。

「奇怪？難道這面牆會自己走路？」轉念一

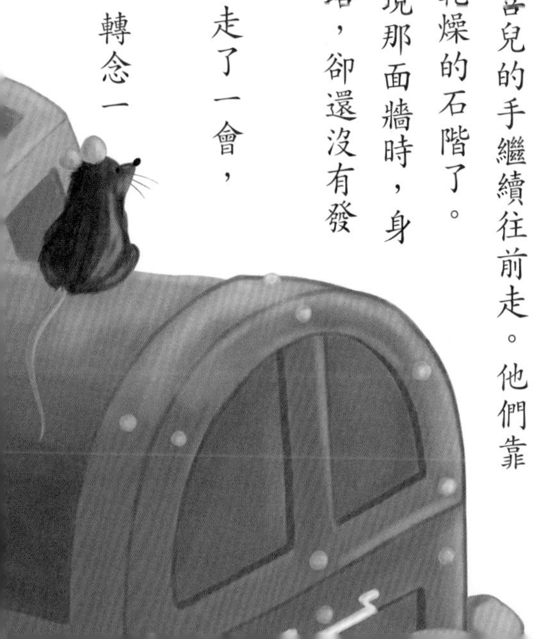

想，對了，今天是退潮日，水位降低，所以這面牆完全露出水面。

池印把手電筒照向牆面，像被人工均勻塗抹過，不像天然岩壁那樣凹凸不平。他用手電筒上下照著，發覺牆底有個小洞口。

洞穴裡很黑暗，洞口平常都浸在水裡，再加上有石塊堵住，根本不容易被發現。今天適逢退潮，洞口完全離水才能被看見。

他彎腰搬開洞口的石塊，搬不動的就又推又踢。沒多久，總算搬出一個人勉強可以鑽進去的大小。池印把手電筒往裡頭一照，是蜿蜒往上的石階，看不到盡頭。

愈往裡走，潮濕發霉的味道愈來愈重。

「好臭啊！」喜兒抓緊池印，邊捏著鼻子。

不知走了多久，曲折山路忽然大開，石階也在這裡結束了。池印用手電筒一照，眼前是個大山洞。

洞裡非常潮濕，還有股奇怪的臭味讓他們差點喘不過氣來。

洞穴中堆了一些箱子，到處是崩落破碎的大石頭，有些箱子還被石頭壓住了。

池印繞過大石頭往前走，愈靠近箱子，腐臭的味道更濃了。

他不知該高興還是該恐懼？亞森羅蘋發現寶藏這種小說裡的情節真的會發生在他身上？池印腦袋一片空白，心卻噗通噗通跳著。他把手電筒放地上，想推開箱蓋，怎麼用力卻都推不開。

池印叫喚躲在身後的喜兒。兩人費盡力氣，還是打不開。

池印彎下身檢查箱子，發現另一面的箱蓋被鎖扣住了。他用力扯了幾下，鎖頭已經鏽蝕，絲毫沒有鬆落的跡象，他沮喪地坐下來。

喜兒拿著手電筒，隨意亂照，「那邊好像有打開的箱子。」

兩人跑過去一看，箱裡裝著爛爛的袋子，裡頭是一團黑黑乾乾的東西，像泥塊。池印抓起一把用力一捏，成了粉末碎片，發出嗆鼻的味道。

喜兒捏著鼻子靠近，問：「是什麼東西？」池印搖搖頭。

「這箱子呢？」喜兒轉向另一口打開的箱子。

箱子裡的東西又黑又髒，還爬著不知名的小蟲子。

「好像是什麼粉末？」池印皺著眉聞聞手上的味道，做了個噁心的表情。

他們在未開封的箱子旁繞來繞去。突然間，喜兒發出淒厲的尖叫聲。

池印順著方向望過去，像是一個人躺在地上。他心裡一驚，該不會是爸爸吧，他急忙衝過去，把面牆的屍身翻過來。

「啊！」他驚駭地往後跌坐。屍身已經腐爛，剩下骨骸，深陷的眼眶不見眼珠，又黑又深的眼洞盯住他，讓他嚇了一跳。

屍身穿的衣服非常破爛，像被蟲啃噬過，也不是爸爸的衣服。他輕輕碰觸，布塊就碎成粉末，腳上穿的鞋也不是爸爸的。

池印放下心，他想起老姜說過，不要驚擾死者，於是想將屍骸翻身面牆，回復原來的樣子。突然聽到啪叮一聲，有東西從死屍身上掉出來。

池印撿起掉在地上的東西，是一個皮夾。皮夾還完好，並不像衣服爛得這麼厲害。

一打開皮夾，池印頓時瞪大眼睛，驚訝得無法動彈。皮夾裡有一張

泛黃潮濕的照片。邊緣被蟲啃過，他拿手電筒照近一看，照片裡是個女人抱著一個小娃娃，笑得非常開心。

「這女人好像凝香阿姨，難道這個人是喜兒失蹤的爸爸？」池印忍不住盯著骸骨看。

「小印哥哥，我們快點回去吧！」喜兒在後面著急叫喚。

池印偷偷把皮夾放進背包裡，忐忑不安地回到喜兒身邊。

「是—池伯伯嗎？」喜兒顫抖地問。

「不是。」池印望著骸骨，仍震驚得不知如何是好。

「我們走吧！」池印牽起喜兒的手，沒走幾步，因為驚嚇加上洞內空氣極差，喜兒突然劇烈嘔吐，無力地跪了下來。

池印把背包取下，提在手上，背起喜兒往洞外走去。

歷經千辛萬苦找到一堆箱子，但是卻不知道裡面裝些什麼。誰把箱子放在那裡？他們為什麼要留下刺鼻的泥巴碎片？那具骸骨真的是喜兒的爸爸嗎？池印滿腹疑問沉默地踩著石階。

「還好洞穴裡的人不是你爸爸。」喜兒以為他在思念父親，輕聲地

16 洞中的遺骸

問：「你很想念爸爸對嗎？」

「嗯。」池印點頭。

「我也很想念爸爸。」喜兒說完，疲累地趴在池印背上。

池印吃力地走著，感覺眼眶熱熱的。

就這麼一路沉默，不知不覺已經回到瀑布前的溫泉池。

池印把喜兒放下來，拿出繩索綁住她，縱身跳進水潭中。

有了先前的經驗，他們都盡量往旁邊游，經過一番折騰，從水池游上岸的兩人像泡了個舒服的溫泉澡，感覺非常舒暢。

喜兒睏得眼睛都張不開，她打了一個大大的呵欠，口齒不清地說：「讓我先睡一下，……」話沒說完，就倒在被溫泉烤得暖烘烘的大石塊上昏睡過去。

池印用力搖她，「我們快回家吧。」無奈喜兒動也不動。

從洞頂往上看，天色昏暗，有隱約的月光。池印解下套住兩人的繩索，打算讓喜兒睡一下再叫醒她，沒想到才這麼一想，整個人鬆懈下來，也倒臥在一旁睡著了。

17

沉重的宗族秘密

星期天的早晨，陽光非常溫暖。卓明非打開圖書館的門窗，想讓日光好好曬曬他的藏書。

卓穎倚在書櫃旁，擔憂地說：「不知道池印回家了嗎？昨天來的老闆娘哭得好傷心。」

卓明非邊喝咖啡邊翻著報紙說：「我剛剛打電話過去，聽說還沒找到人。」

「怎麼回事？她先生失蹤，女兒失蹤，連池印都失蹤了。」卓穎悶

悶不樂地說。

「為什麼這麼多人都執著於遙不可及的寶藏？甚至，為了寶藏連命都不要了。」卓明放下報紙，搖頭嘆息。

「誰也這樣？」卓穎不解地問。

「爺爺……。」卓明非喃喃說著，心中非常掙扎。

為了讓這個沉重的家族祕密失去傳承，他曾經堅持不婚，最後雖然臣服於卓穎母親的溫柔美麗，可是他想捍衛女兒自在生活的權利。他原本是個無憂無慮的富家公子，年少的他只看到人生的美好，沒想到聽父親說出代代相傳的家族祕密之後，壓得他數十年喘不過氣來。他實在不想告訴女兒，可是又不得不說，畢竟她也是卓家的傳人。

「月芽灣有個藏寶的祕密，這個祕密跟我們家族有關，把這個祕密傳下來的，就是當年去通風報信的翻譯。」卓明非有些難以啟齒，吞吞吐吐地說：「也就是說，那個翻譯就是我們卓家的祖先。祖先們以為保守寶藏的祕密，就是保護家族的財產，所以一代傳一代，把找出寶藏的任務交付下去。」

「真的嗎？」卓穎睜大眼睛，不可置信地聽父親說起這個屢屢令他欲言又止的祕密。

中學時期的卓明非，充滿了理想，期許自己能對社會有貢獻。沒想到父親竟然要他去尋寶，讓他覺得荒謬極了。

「爸爸要我實踐祖先交代的尋寶任務時，我簡直是嗤之以鼻。當時的我，也許正值叛逆期，藏寶傳說跟天方夜譚差不多。我嚴辭抗拒這荒謬的家族使命，我今天告訴妳，也不是要妳去尋寶。」回憶往事，卓明非的語氣有無限的惆悵。

「當時流傳的風水之說，什麼石碑壓住了鳳凰翅膀，鳳凰無法展翅高飛的說法，都是卓家祖先有心散播出去的，目的就是把石碑拆掉，把藏寶圖運回我們家。」

「為什麼要大費周章把藏寶圖運回來？」卓穎走到爸爸身邊坐下來，好奇地問。

卓明非嘆口氣說：「當初我們的祖先只是居中翻譯，並沒有親自進入藏寶的地點。聽說要到『聖地』去，路途危

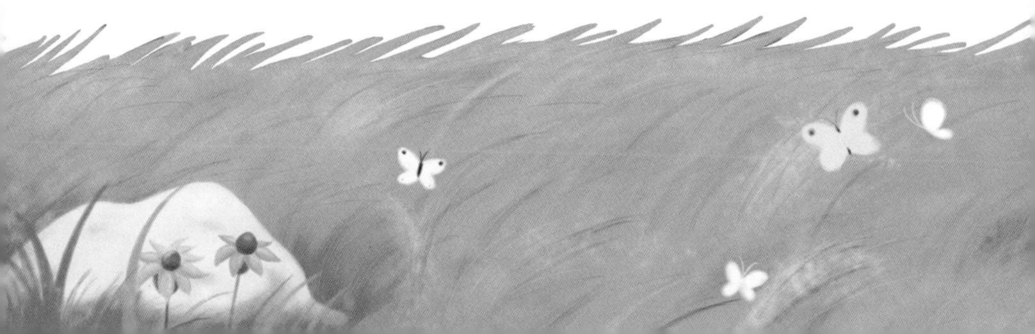

險，地點也很隱密。把藏寶圖拿回來，可以收藏研究，也能避免其他有心人去找尋寶藏。」

「藏寶圖拿回來以後，竟然被爸爸丟掉了？」

「唉。」卓明非咬牙，握著拳頭說，「當時我年輕氣盛，激烈頂撞父親，罵卓家祖先自私貪婪。爸爸傷透了心，打我耳光。我一氣之下離家出走，再也沒跟他說過話。」對卓明非來說，那是痛苦又無可彌補的懲罰。

大地震發生後，聽到父親失蹤，他立刻從學校趕回來，四處找尋卻沒有結果。就是那一年，擔憂悔恨讓年紀輕輕的他白了頭髮。

卓明非在書房看到爸爸留下來的信。信中說，自己一輩子都活在無法完成祖先遺命的罪惡感裡。他曾想去尋寶，卻擔心遭遇不測，無法照顧母親妻兒。沒去尋寶，又怕祖先怪罪失望。反覆煎熬，非常難受，才自私地想把這個重擔轉交給兒子。

和兒子發生衝突後，他決定自己去尋寶，了結祖先交代的遺命。萬一發生不測，兒子大了也能照顧家裡，他已無後顧之憂。

「所以，爺爺是因為尋寶才失蹤的？」

「我想是爺爺運氣不好，尋寶途中剛好遇到大地震，被坍塌的落石埋在山谷裡！」

卓穎聽了，憂傷地看著爸爸，不知該說些什麼。她懂了，這張藏寶圖是因為祖先的背叛，犧牲那麼多人性命得來的。充滿正義感的父親，嫉惡如仇，他怎麼可能拿這充滿血腥的藏寶圖去尋寶呢？

「如果我們家有那麼多藏寶的祕密，為什麼沒有很多人來借這些資料呢？」卓穎納悶不解。

「所以說『書中自有黃金屋』，這句話完全正確。」卓明非笑了一下，「我並沒有大張旗鼓貼海報公告，所以不去翻書的人怎麼會知道。更何況，那些書又舊又黃，一般人怎能想像裡面有黃金屋呢。不過，關鍵的藏寶圖和祕密，都被那個失蹤的老師借走了。」

電話鈴響起，卓穎接起電話，是媽媽催他們回家吃午飯了。父女倆才驚覺，原來已經快中午了。

卓明非疲憊地站起來，說：「我們回家吧！」

穿上外套，他感慨地說：「我很同情餐館的老闆娘，她的遭遇就跟奶奶一樣，費盡心思的丈夫不知寶藏就在身邊，卻一心往深山裡去尋寶。到最後不僅沒找到寶藏，更連累了自己的家人。這幾年，我看到奶奶思念爺爺傷心難過，更堅定我不去尋寶的決心。我想石碑地圖大概就是在我故意忽略的心態下，自行去尋找有心人了吧！」

他看著女兒，意味深長地說：「妳們才是我無可取代的寶貝。」

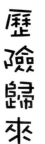

18

歷險歸來

不知睡了多久，池印醒來，轉頭看到喜兒坐在身旁發呆。

天光從山頂縫隙直射下來，洞裡只有瀑布流水的聲音。池印坐起來伸伸懶腰，摸摸身上說：「衣服都乾了。」

喜兒愁眉苦臉，嘟著嘴說：「媽媽一定很著急。」

池印打開背包，不經意摸到撿來的皮夾，想起洞中的骸骨，心中一陣抽痛。他把乾糧拿出來，遞給喜兒說，「先吃飽才有力氣回家。」

餓壞了的喜兒，大口挖著罐頭吃。池印看著她，心想著該怎麼說

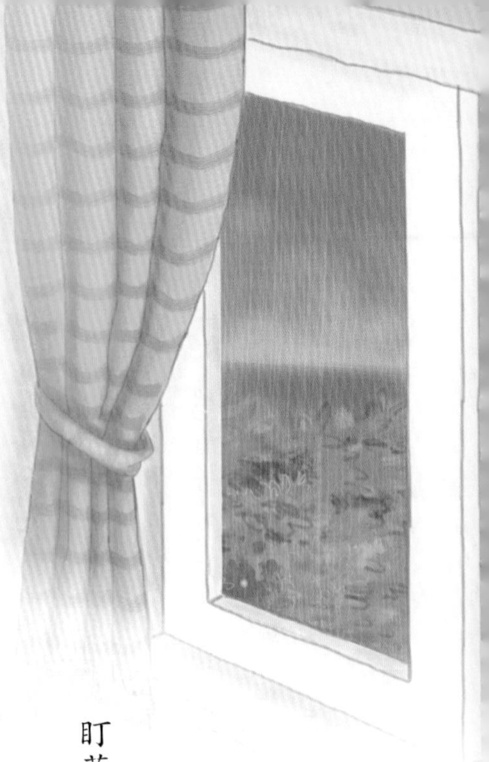

才能減輕凝香母女的傷心？想了想後說：「發現屍體的事情，我們先別說出去好嗎？」

「為什麼？」喜兒困惑地盯著他。

池印把眼神轉開，不敢正面看她，「他們可能正急著找我們，如果知道洞裡有屍體，反而更擔心，我們會被罵得更慘。」

「說的也是。」喜兒贊同地點點頭。

「那我們勾勾手。這是我們兩個人的祕密好嗎？」池印伸出手來打勾勾。

「祕密嗎？好啊！」喜兒很高興和他共享祕密，毫不遲疑地伸出小指和池印勾勾手。

池印背上背包，拉著喜兒說：「我們走吧！」恢復體力的兩人，花了比想像還短的時間就爬出了洞口。看看洞外，像是已經傍晚。

溪水漲潮了，有點冰涼，習慣了溫泉瀑布的溫度，兩人冷不防打了個寒顫。喜兒重重地連打了幾個噴嚏。

「忍耐一下，很快就到了。」池印走在前面安慰她。沿途滑倒幾次，幾經波折，總算回到月芽灣了。

他們站在岸邊觀望，一切都跟往常一樣，像沒發生什麼事。

「好險啊！我以為會有很多人出來找我們耶。」喜兒稍微放心，不過又有點失望。

「我們快回家吧！」顧不得全身又濕又冷，池印拉著喜兒急急往餐館的方向跑。忍不住又叮嚀說：「記住我們說好的祕密喔！」喜兒嚴肅地點點頭。

快到家時，他們看到平時燈火明亮的餐館，此時卻是一片黑暗。

「媽媽一定是太擔心生病了。」喜兒緊張地加快腳步，不管池印在身後呼喊。

推開餐館木門，鈴鐺響了起來。餐館裡暗著，只有廚房透出一些光亮。喜兒跑進廚房，沒看到媽媽。她又轉身往樓梯跑，赫然看到媽媽和映月老師站在樓梯口。

「媽媽！」她撲向凝香的懷裡，凝香也緊緊摟住她。

等到餐館木門再被推開，這對母女才分開，看到池印站在門口。放下心的凝香，拉著喜兒走下來，映月把餐館的燈都打開了，明亮的燈光把兩人又濕又髒的狼狽模樣照得清清楚楚。

池印呆站在門口，一動也不敢動，頭垂得低低的。

凝香忍不住流下淚，數落起他們：「你們到底跑到哪裡去？讓人緊張死了！」喜兒低下頭去，滿臉歉意。

凝香又氣又急地說：「昨天中午妳沒回家，我以為你們去鎮上了。等到晚上還不見人影，我們開車到鎮上到處找，沒人看過你們。楊警官才說，最近有身分不明的人在附近徘徊，結果你們就……。」說到激動處，凝香又哭了起來。

「對不起。」喜兒也跟著哭了。

「你們不見了，我們都好擔心。餐館連著兩天都沒營業，來吃飯的人只吃到閉門羹，都說沒想到像女超人終年無休的老闆娘竟然會罷工！」映月故意說笑緩和氣氛。她走向池印，拍拍他的肩，「怎麼搞的，全身又濕又髒。」

凝香又要罵他們，才一開口，就聽到喜兒連打了幾個噴嚏。

「算了！先讓他們去洗個澡，等下再說吧！」映月趕忙幫兩個孩子打圓場。

凝香嘆口氣，忍不住瞪了兩人一眼，拉著他們上樓去。她拿出長袖衣褲給池印，說：「這是喜兒爸爸的衣服，你先換著穿。」說完輕輕摟著他的頭，紅了眼眶說：「你這孩子，我跟映月說了，下學期絕不能讓你當模範生。」

池印低下頭，咬著牙不讓眼淚掉下來。洗了個熱水澡，身體舒服多了，他拿起喜兒爸爸的衣服套上，聞到衣服上殘留的樟腦丸味道，凝香

應該是把衣服收好，等著喜兒爸爸回家，就像他把家裡收拾好等待爸爸一樣，那種感覺真不好受。

一下樓，映月招呼他們過去吃東西。趁他們洗澡時，凝香幫他們煮了一鍋什錦麵，一打開鍋蓋，香氣四溢，兩個孩子顧不得其他，就狼吞虎嚥吃了起來。

等他們一吃飽，凝香表情嚴肅地問：「可以說你們去哪裡了嗎？」

喜兒偷偷看了池印一眼。池印垂著眼盯著麵碗，不敢抬起頭，說：「那天我本來要到對岸去。爸爸說以前去那裡看過石礦，我擔心爸爸那麼久沒回來，會不會是到那裡去了。沒想到被喜兒發現了，因為我堅持要去，她不放心只好陪我，都是我的錯。」

喜兒偷瞄池印，嘴角忍不住上揚，心裡贊許他果真講義氣。

凝香嘆口氣說：「然後呢？」

「原以為溪水很平靜，沒想到愈往上游走，溪水暴漲變得很急，所以我們才決定找個安全的地方留下來，等到退潮後再回來。」池印說的都是實話，只是隱瞞了重要的情節。雖然心裡愧疚，不過他想先過這關再說吧。

凝香聽完，原本嚴厲的眼神緩和下來。池印看到凝香神情轉變，偷偷鬆了一口氣，想說應該過關了。

凝香看看池印，搖頭說：「你想去找爸爸，也應該跟我們說一聲。你爸爸是大人了，他會保護自己，可是你呢？唉！」

映月起身收拾碗筷，幫著緩頰說：「好了，他們也不是故意的。先休息吧！明天要上課了。」

心事重重的池印，很想逃避這無人能分擔的壓力，他想獨處，於是趁機告別。一回到家，他像洩了氣的皮球，整個人趴在石桌上，再也無法動彈。這幾天，讓他覺得好累。

19

喜兒的夢話

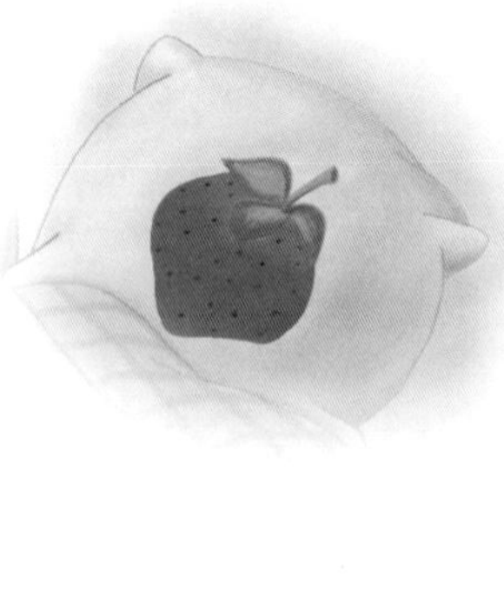

鬧鐘響時，池印賴了一下床，他全身痠痛，實在不想去上學。洞穴中的骸骨和皮夾整夜困擾著他，讓他睡得很不安。起床後，他在床邊發了一下呆。既然答應了映月老師，還是要去學校。

整理書包時，池印猶豫了一下，找出背包裡的皮夾放進去。匆匆喝杯牛奶，就準備上學去了。走到門口，他又折返，把石雕娃娃放進書包裡。

晨間打掃時，他往五年級的清掃區看過去，沒發現喜兒。「懶惰

19 喜兒的夢話

蟲！一定是賴床了。」他心裡想。

等到中午，池印跑到校門口去等凝香。

通常中午吃飯時間，凝香會送便當來學校，由喜兒分送給訂便當的老師和同學。今天喜兒沒上學，池印主動接替她的工作。

沒多久，就看到戴著墨鏡的凝香提著便當走過來。他急忙跑過去，看到凝香的頭髮隨意紮著，也沒化妝，跟平常光鮮亮麗的她很不同。

池印把便當接過來，憂心地問：「喜兒怎麼沒來上學？」

凝香拿下墨鏡，池印發覺她的雙眼紅腫，看來很疲累。凝香勉強擠出笑容，說：「整個晚上發高燒，還吐了好幾次，一直說夢話。早上去看了醫生，吃了藥才睡得比較好。」

整個下午，池印都沒什麼心思上課，擔心喜兒不知怎麼了。一放學，他就急忙跑到餐館。推開木門，客人還沒上門，他跑到廚房去，看到凝香忙著洗菜，趕緊放下書包幫忙。

凝香看到他，微微一笑。池印注意到，她眼角的皺紋因為疲倦顯得特別明顯。

「喜兒好點沒？」他很擔心。

凝香點點頭，「吃過藥好多了，應該還在睡。」

池印拿著石雕上樓去看喜兒。聽到有人開門，喜兒睜開眼睛。

「妳醒了啊！」池印注意到喜兒床頭有張照片，是一個男人把小娃娃抱在懷裡，照片中的人開心地笑著。

喜兒隨著他的視線看過去，「那是我爸爸，這是我。」

池印看了看喜兒，問：「好點沒？真不該讓妳跟的！阿姨很擔心。」他的語氣非常懊惱，想起書包裡的皮夾，心裡更難受。他拿出手中的石雕娃娃遞給喜兒。

「送我的？」喜兒高興地接過來。

池印點點頭，叮嚀喜兒好好休息，轉身下樓。凝香招呼他吃飯，由於心事重重，池印只是機械性地把食物放進口中，完全食不知味。

凝香切了盤水果放到他面前，坐下來說：「謝謝你來幫忙。」

池印想開口說話，喉嚨卻像被什麼東西卡住了，只能傻傻看著凝香。

凝香遲疑了一下，開口說：「你可以告訴我，那幾天發生什麼事嗎？為什麼喜兒一直說夢話，說：『有死人，快走！』醫生說她受到驚嚇，不只是感冒發燒。」她說著說著，眼眶又紅了。

「阿姨……」池印不知該怎麼辦，把頭垂得低低的。即使不看凝香，他也知道她正盯著自己。池印覺得很難受，他已經無法獨自保守這個祕密，於是打開書包拿出皮夾，雙手顫抖地遞給凝香。

凝香疑惑地接過皮夾，打開一看，全身發抖，問：「誰給你的？」接著淚水撲簌簌掉下來。

池印吞吞吐吐回答：「在山洞裡撿到的。我看到一個……死人，以為是爸爸，翻過來，結果皮夾掉出來。」

他很緊張，不知道自己在說什麼。凝香聽著，一直發抖，眼淚猛掉，池印不知所措，也跟著顫抖。

19 喜兒的夢話

「阿姨……」池印如坐針氈，不知如何是好。他最害怕這一刻，所以才想隱瞞，終究還是逃不掉。

凝香頹然趴在桌上，肩膀劇烈抽搐。池印鼻頭一酸，眼淚也滾落下來。

「先不要告訴喜兒這件事好嗎？」凝香抬起頭，表情呆滯地說：「這幾年我很少談她爸爸，可是每年生日，她都會畫一張全家福給我。接下來該怎麼辦呢，唉！」她說完陷入沉思，好久不說話。

池印只是傻傻坐著，以前爸爸傷心時，他會抱著爸爸安慰他，可是凝香阿姨是女生，他不好意思抱她，只能呆坐一旁。

隔了許久，凝香像是突然醒來，發覺池印還在，趕緊催促

他說：「時間晚了，趕快回去吧！」

池印憂心忡忡，放心不下卻又不知該怎麼辦，只好呆呆地順著凝香的話回家。

池印離開後，只剩凝香一個人，她還是一動也不動，無法控制地流著淚。她愈哭愈厲害，怕吵醒了喜兒，只好摀著嘴無聲地嗚咽著。

20 神仙揮毫的山水畫

池印忐忑不安地回家。凝香阿姨的眼淚，像沙漏裡的流沙，緩緩地，一點一滴，流進他的心裡，讓他的心變得又沉又重。記得媽媽過世時，爸爸也是這樣。不知道為什麼，他常扮演安慰大人的角色，其實他根本就做不好。

回到家已經很晚了，他趕緊把功課做完，洗過澡準備睡了。電話鈴聲響了，他以為凝香出了事，急急下床接電話，沒想到竟然是醫院打來的。

醫院的人轉告池印，爸爸為了探勘石礦失足墜落山谷，先前嚴重昏迷，無法聯絡家屬，直到今天病情穩定，池平才拜託醫院的人通知兒子。

池印一聽，心急得不得了。時間晚了，公車已經停駛，從玉恆鎮開出的火車也沒班次，只能等到明天早上。昏昏沉沉中睡著了，夢中盡是父親的身影。

天還沒亮，池印就趕緊起床準備去醫院看父親。他快步跑向公車站牌，打算搭第一班公車到鎮上去。他刻意經過喜兒家，餐館還沒開門，抬頭看著喜兒臥房的窗戶，心裡很牽掛，不知凝香的狀況如何。

好不容易等到公車，池印一上車，就走到最後一排坐下，到鎮上上學的中學生還沒來，車子裡空空盪盪的。

到了玉恆鎮，坐上火車，池印想起第一次和爸爸坐車來月芽灣，自己應該才四歲多。現在離開月芽灣，竟然是自己一個人，這陣子發生了很多事，像在強迫他趕快長大。

睡睡醒醒，終於到了爸爸住的醫院。問了櫃檯，知道爸爸已經轉出

加護病房，住在普通病房裡。

房間內光線昏暗，病床的簾幕都拉上。池印透過縫隙，偷看每張病床上的蒼白臉孔，直到靠窗的病床，他看到爸爸斜倚著，神情落寞看著窗外。

他激動地跑上前去，叫聲「爸！」爸爸轉頭看他，咧嘴笑了。他站在爸爸面前，淚水在眼眶裡打轉，還沒出聲就先哽咽了。

爸爸摸著他的頭，輕輕地說：「讓你擔心了。」

池印撫摸父親裹著石膏的腿，問說：「腿斷了？」

池平微笑，「接回去了。」

爸爸還很虛弱，聊沒幾句，已經顯

出倦容，池印趕緊扶爸爸睡下。自己把探病椅拉開變成臥床，躺下來，雙手枕在腦後，想到凝香和喜兒，心裡很牽掛，因為舟車勞頓一整天，迷迷糊糊間就睡著了。

隔天醒來，池印用輪椅推爸爸到外面的草地上散步，一邊跟爸爸說這段時間發生的事情。

池平儘管虛弱無力，還是忍不住激動，「你這孩子！怎麼做那麼危險的事？」爸爸跟池印說起雕刻石碑的經過。

當年委託池平雕刻石碑的是地方上的耆老，為了能讓他了解刻碑的目的，跟他說了很多月芽灣的傳說。後來又介紹他去卓明非設立的圖書館，他在那裡看到更多月芽灣的資料。

「我後來發現，那塊跟寶藏有關的石碑，竟然就是我們每天吃飯喝茶的石桌，小時候你還躲在桌子底下塗鴉呢。」池平說到這裡，忍不住笑了。

池印想，從小陪他長大的石桌，卻是TANYA族奉為聖地的地圖，也是外國人被強敵逼到海角含恨刻上「恐怖的大牛角」的石

碑，而他從小就在石桌上吃飯玩耍，真是不可思議。

「爸爸把石桌搬回家後，才發現那是一張藏寶圖嗎？」

「是啊。」池平帶著病容，啼笑皆非地回答。

剛到月芽灣時，池平常帶著兒子到溪谷去，仰躺在大石塊上，看著天空發呆一整天。

有天黃昏，他起身打算回家，在夕陽餘暉的映照下，突然發現平時躺臥的石頭紋路竟然那麼美，就像神仙揮毫完成的山水畫。他心裡惋惜，這奇石竟被遺棄在荒野山谷。

「可能是連續幾天雨水沖刷，把石頭上的塵垢去除，顯現奇石的紋路，漂亮極了。愛石成痴的我，就想盡辦法把它搬回家了。」

池印笑著說，「爸爸會刻那塊石碑也是命中注定，因為你把原本的石碑撿回去了。」

池平搖頭，有些不好意思。聽到凝香的遭遇，他既驚訝又難過。

陽光太刺眼，池印起身推爸爸回房，疑惑地追問：「如果不尋寶，為什麼要在洞穴口擺石頭做暗號呢？」

「有次去溪谷，突然遇到漲潮，連忙找地方躲藏，發現那裡有罕見的玫瑰石礦脈，所以留了記號，卻意外害你冒險。」

池平說完，睏倦地閉上了眼睛。

21 探險隊入山

池平的傷勢還需要住院一段時間，為了不耽誤學校的課業，他要池印先回去。臨走前，池印害羞地把暑假刻的爸爸側臉石雕放在床前，希望石雕能代替自己陪伴父親。

池平握在手心仔細端詳，內心很激動，久久才迸出一句：「我很喜歡。」

剛回到學校的池印，心裡已有準備，沒想到楊警官比想像中還快來找他。

楊警官說，山洞隱藏在荒野林間，可能要池印帶路。楊警官詳細問明洞中的情況，並跟池印約定了出發的時間。

放學後，池印跟惜安一起回家，他要去廟裡去拜拜，答謝神明保佑爸爸平安。他跟老姜說了爸爸的狀況，也提起山洞的事情。

老姜點頭表示聽說了，「楊警官來找我，說洞裡有屍骨，要我去幫忙。」

「阿公也是洞穴探險隊成員？」惜安興奮地問。

聽說洞穴的事情後，惜安一直纏著池印說給他聽，知道池印要帶路重返山洞，幫這個任務編隊取名為「洞穴探險隊」，沒想到連阿公也要去。

老姜交代阿塗說，可能需要幫忙搬運，要他也跟去。

「拜託也讓我去吧！」惜安苦苦哀求，卻被老姜瞪了一眼，不敢再吵鬧。

天氣晴朗的早晨，池印來到月芽溪邊。又一次重返山洞，心中百感交集。等了一下，老姜和阿塗來了，映月跟喜兒也扶著凝香過來。臉色蒼白的凝香，眼睛紅腫，交代池印要小心。

沒多久楊警官也到了，身邊跟了幾位背負重裝備的員警。楊警官嚴肅地交代此行任務，並要凝香回家等候。池印辨識記號帶路，帶領探險隊重新回到山洞入口。

「就是這裡嗎？」年紀大了的楊警官，經過漫長辛苦的溯溪，氣喘吁吁地確認。

楊警官示意兩名員警先行進入山洞探勘，其他人在洞外等候。等了一陣子，進去的員警出來說，洞穴空間不夠大，要搬運東西可能有困難，必須用炸藥開路。

等炸藥開路，清出碎石塊，已經接近傍晚了。

塵埃落定後，他們才進入洞穴。一踏進洞口，池印就聞到刺鼻的火藥味。

「奇怪，這山洞這麼小，當初他們怎麼把東西運進來？」在前面開路照明的警員好奇地問。

「當時應該沒這麼小，可能是地震造成落石坍方，才把山洞塞住了。」墊後的楊警官回答。

「裡面有條路，可以通往海邊，也許從海上吊運進來也說不定。」上次跟池印研究過洞穴地形，詳細畫出地圖的員警補充說。

一看到溫泉瀑布周遭的奇石美景，所有人都震驚得瞪大眼睛，張口結舌說不出話來。楊警官要大家先休息。

老姜四處看看，發現石壁上方隱蔽處，留有刻痕，像是TANYA族留下的圖騰符號。巡視一圈後，老姜肯定地說：「這裡就是TANYA族人的聖地。」

「聖地？」楊警官看來很疑惑。

老姜點點頭，說：「很久以前，有個TANYA頭目上山狩獵，遇到野獸，一路被追進這個山洞裡躲藏。野獸在洞外守候，他只好爬進洞穴深處，意外發現這個洞窟。後來TANYA遭受外來的攻擊，他把族人帶進這個山洞裡。族人都認為這是祖先賞賜的人間仙境，所以尊為『聖地』。」

員警們聽了更加仔細打量這個神祕洞穴。楊警官找來池印和畫地圖的員警確認瀑布後的狀況。休息一陣子，大家起身趕路。探險隊的成員身手矯捷，很順利就泅水上岸了。

池印尋找那面隱密難尋的洞口，在照明設備齊全的幫助下，也順利找到牆面入口。

楊警官要大家閃避，請員警把洞口炸開。一陣煙霧瀰漫，池印忍不住咳嗽。等了一陣子，他們沿著石階進入另一個洞穴。

看到亂石堆下眾多箱子，員警們興奮起來，「該不會真的有寶藏吧！」

有人湊到箱子前，用手抓出箱子裡的粉末一聞，表情怪異地說：「這是胡椒塊嗎？好嗆！」

另一位員警用力拍了他的頭說，「笨啦！是毒品！價值好幾億。」

順著池印指引的方向，楊警官找到了屍骨遺骸。老姜靠過去蹲下，在屍身前雙手合十反覆唸佛，池印知道他在超渡亡靈。

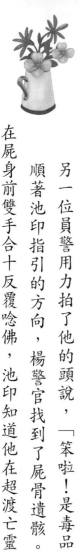

楊警官招手要幾個員警過去，進行現場鑑識和蒐證，並且討論運出遺體和箱子需要的工程和人力。最後決定先運出屍體，出去再評估如何運出箱子。他們仔細包裹遺骸，綁在擔架上抬出。

回到瀑布溫泉，環顧洞穴奇景，有人依依不捨地說：「這地方那麼難找，下次恐怕沒機會來了。」

老姜點頭說：「當初TANYA族人發現洞裡有塊大石頭，紋路跟聖地的地形幾乎相符。他們認為這是神蹟，是神仙引路的指標。他們稱那塊奇石為『聖石』，立在月芽角為碑，想說可以幫後世子孫引路。」

池印一聽，恍然大悟，難怪石桌上的紋路和山洞地形這麼像。不過，他實在沒勇氣說出，TANYA族人敬仰膜拜的聖石竟然放在自己家裡當桌子。

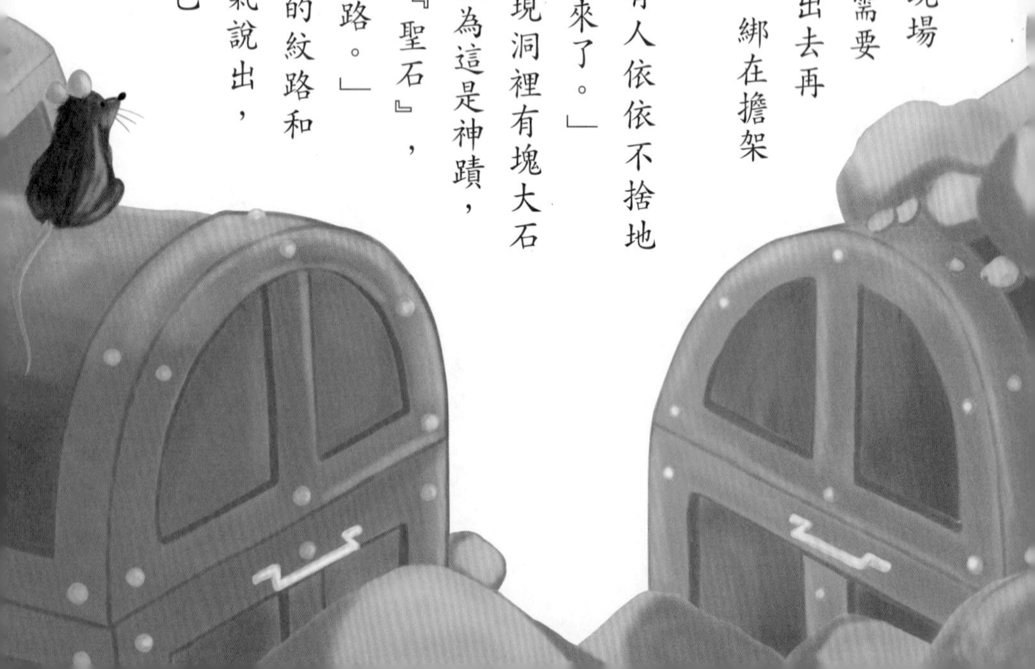

突然聽到有人大喝一聲，「是誰？」當場立即有員警追出去，沒想到被揪回來的人竟然是張同學。

楊警官看他緊張得全身發抖，覺得事有蹊蹺，厲聲喝道：「你來這裡幹什麼？」

聽到楊警官一吼，張同學漲紅了臉，結結巴巴說：「湊……湊熱鬧。」

「湊什麼熱鬧？」楊警官看著張同學，判斷他又喝酒了，忽然間靈光閃現，大聲質問：「洞裡的人是你殺的？」

「沒……沒沒。」張同學雙腿發軟，整個人跪坐在地上。他用力朝著擔架上包裹的屍骸磕頭跪拜。

經驗豐富的楊警官知道事情不單純，逼到他面前疾言厲色罵說：「那是誰？」

張同學搖晃雙手，口齒不清地幫自己辯解，「我沒有殺他。我在撿石頭，看他爬進洞裡，我偷偷跟來，躲在石頭後面偷看。」

張同學往瀑布後的山洞比了比，「火藥炸開，他像發瘋一樣，往我這邊跑過來。我怕被發現，把石頭推過去，他被擋住，就被火燒到……被炸死了。」

張同學說得零零落落，「他被火燒得很痛，一直哀哀叫，我不是故意的。」說完跪在地上磕頭磕個不停。

池印頓時想起，當初在山洞裡看到的黑影，或許就是張同學。雖然他年長，可是身材非常瘦小，要進山洞並不困難。他以為洞裡有寶藏，但是一直找不到，所以常在附近徘徊。

沒有人注意到，站在遠處默默看著的阿塗，激動地握緊拳頭，無聲嗚咽著。

22 暗房中的黑影

夜已深沉，凝香還焦急徘徊在月芽溪這頭，等待楊警官回來。喜兒倚靠在映月懷裡，睡得極不安穩，稍有聲響就會讓她驚醒。三個人就這樣守在溪邊，緊張地凝望著對岸。

天邊微微露出曙光，霧也漸漸散了。晨曦中的露水讓空氣格外清新，如果不是心中掛念，應該也是個美好的早晨吧！

「你看！他們出來了。」順著映月手指的方向，她們看到楊警官一行人涉水而來，隨著隊伍愈靠近，她的心跳得愈快。

擔架才上岸，臉色蒼白的凝香就緊緊摟住屍骸包裹不放。她跪在地上慘痛號哭，被驚醒的喜兒也發著抖爬到母親身邊。

凝香慌亂地解開屍骸的包裹，原本希望送回警局再認屍的楊警官，也不忍阻止，蹲下來幫忙，把屍骸攤開放在岸邊。

屍身已經枯乾，只剩下骨架，所穿的衣服已經脆弱如紙片，經過移動和包裹搬運，幾乎已經碎成粉狀，遮不住屍體，只有腳上的球鞋顯得格外顯眼。凝香把穿在屍骸腳上的鞋取下，失神地抱在懷裡，哭得幾乎要昏倒。

楊警官嘆口氣說，「死得這麼淒慘，任誰看了都受不了。」他交代員警把屍體先送回警局，再找法醫相驗。另外再幫映月扶起凝香，送她回去。

受折磨已久的凝香，回到家中，再也支撐不住，昏倒似地沉睡過去。

也不知睡了多久，凝香撐著疲累的身體下床，喜兒躺在她身邊沉沉地睡著，沒看到映月，可能是回去了。凝香帶上墨鏡，把池印交給她的皮夾抓在手心裡，悄悄出門。一路上如同行屍走肉，有人跟她打招呼，她也渾然不覺。

以前常有人勸她來廟裡求籤，她不願意。她堅持死要見屍，怎可憑著一紙籤詩判斷生死。現在，找到屍體了，她還是不願意相信，已經毫無主意的她，想聽聽神明怎麼說。

看她走進廟裡，老姜顯得很驚訝，連在一旁打掃的阿塗也偷偷打量她。

她走到老姜面前，摘掉墨鏡，露出紅腫的雙眼，虛弱地問：「我可以求支籤嗎？」

老姜露出悲憫的表情，輕聲問她：「妳想問什麼？」

「問……」凝香還沒說完，腿一軟，整個人就癱了下去。

凝香醒來時，發覺自己躺在陰暗的房間裡。透過窗子看出去天色很昏暗，風也冷冷地灌進來，但是她沒有力氣起來關窗。她閉上眼睛，靜靜聽著窗外的聲音。朦朧間她感覺有個黑影在面前游移，是錯覺吧！她依舊闔眼不理會。

她感覺黑影在哭，這個人是誰？怎麼會比自己還傷心呢？

她的淚水汩汩流出，先生的魂魄真的來跟她相見了？為什麼以前都感覺不到？黑影就在咫尺間的距離，她忍不住想睜開眼睛看看。可是，她想起喜兒的夢。醒來可能什麼都沒有了，她要安靜地躺著。

黑影好像叫她：「阿香。」她想睜開眼睛，可是萬一什麼都沒有，可以學喜兒再把夢境接回去嗎？心裡很掙扎，就是沒勇氣把眼睛睜開。好幾天沒睡，渾渾噩噩中，她又昏睡過去。

再度醒來，房間只有她一個人，什麼也沒有。不知道現在幾點了？喜兒一個人在家還好嗎？她掙扎著坐起來。房間暖多了，誰好心幫她把窗戶關上了？

她走到大廳，沒看到任何人。她打算回家了，沒想到卻看到喜兒走過來，拉著她的手叫：「媽！」

她抱緊喜兒問：「妳怎麼知道我在這裡？」

喜兒指指身後氣喘吁吁的惜安說：「他說他爺爺叫我來接妳回

家。」

凝香看著急急趕來的喜兒頭髮都亂了，於是蹲下來幫女兒紮辮子。喜兒眼眶蓄滿淚水，用手抹抹她的臉說：「媽。」一開口，眼淚就掉了下來。

凝香看著她哭也跟著流淚，喜兒用袖子幫母親擦眼淚，沒想到怎麼擦都來不及，害她手忙腳亂，哽咽地勸說：「媽，別哭了！」

惜安從裡面端出兩碗麵線放在桌上，看著凝香。喜兒回瞪他，示意他別多管閒事，惜安嘟著嘴，自討沒趣地說：「你們吃吧！」

這幾年來，都是凝香幫別人煮飯。今天是她最傷心的一天，竟然坐在廟裡，吃著別人煮給她的麵線。

喜兒坐在她身邊餵她，「媽，吃一點東西，爸爸才會放心！」喜兒一湯匙一湯匙地餵她，她食不知味地把整碗麵線吞了下去。

喜兒幫她擦擦眼淚，把桌上的碗收到廚房去。她看到阿塗站在鍋子前發呆，怯怯地說了聲謝謝。

阿塗微微地點著頭，眼眶似乎也紅紅的。

喜兒害羞地跑了出去說，「媽媽，我們回家吧！」

喜兒牽著媽媽的手，慢慢往家裡走。平常這時間，她們都在廚房裡忙，難得有機會偷閒。下過雨的夜晚，空氣中瀰漫著淡淡的茉莉花香，滿懷憂愁的母女，手牽著手，一路無語，絲毫沒有悠閒心情。

走著走著，喜兒突然哼起歌來：

有什麼等在遠方？我的夢在遠方。
有什麼等在遠方？我的他在遠方。
在幽靜的月光下，我想乘著歌聲的翅膀，去尋找我的夢和我的他。

喜兒稚嫩沙啞的嗓音，像棉花糖，軟綿綿地裹護住凝香受傷的心。這首歌是喜兒小時候亭丰胡亂編的，為了哄半夜哭鬧的寶寶睡覺。

好久沒聽到這首歌，凝香聽了熱淚盈眶，時空依稀也回到當時，喜兒還躺在搖籃裡是個小娃娃時，那也是凝香人生中最想念的時刻。

23 月夜往事

放學後，池印去派出所找楊警官，協助做筆錄。

派出所裡比平時熱鬧。記者們聽說失蹤快十年的小學老師被找到了，還跟寶藏的祕密有關，都很有興趣，像蒼蠅似地圍繞在楊警官身邊嗡嗡嗡問個不停。

楊警官看來很忙碌，不停地接電話。張同學也坐在角落，員警正在幫他做筆錄，他還是一副醉酒沒醒的樣子。

坐在鬧哄哄的警局，池印顯得侷促不安，希望能趕快離開。

一會兒，一早從外地趕來的法醫走到楊警官身邊。

「怎樣？」楊警官抬頭問。

法醫搖著頭說，「這人死很久了，絕對不只十年，他不是被燒死的，應該是被重物撞擊頭部致死。還有，腳上那雙鞋太大了，不是他該穿的尺寸。」

「什麼？」楊警官聽了張口結舌。聽到楊警官的驚呼聲，記者又紛紛靠攏過來。

一陣混亂過後，池印總算把筆錄做完了

池印慢慢走著，想著要去跟凝香說法醫的發現嗎？不過，就算屍體不是楊亭丰，他還是不見蹤影啊！知道屍體不是楊亭丰，凝香會比較好過嗎？

池印走向月芽角，想看看海，平撫紛亂的心情。他注意到有個人倚靠在石碑前，像座雕像般，一動也不動。靠近一看，竟然是阿塗。阿塗出神地凝望大海，看起來很悲傷。

「阿塗！」池印走上前去，輕輕推著他的肩膀。

阿塗轉向他，喑啞地叫他：「池印。」

「你？」池印比比喉嚨，驚訝地睜大眼睛。

阿塗理解地點點頭，說：「我能說話，只是不想開口，久了別人都以為我是啞巴。」

池印不可置信地看著他，心想被當作啞巴這麼久，不會很難受嗎？

「能陪我坐一下嗎？」阿塗帶著請求的眼神，仰起頭看著池印。

池印順從地坐下來。等了一會，阿塗開口說話，還是把他嚇了一跳。

「很久以前的晚上，我也跟心愛的女孩坐在這裡，兩人甜蜜地說著未來的夢想。」

阿塗說話斯文有條理，語氣柔和感傷，跟他充滿傷疤又披頭散髮的外型很不搭調。

他哀傷地微微一笑，悠悠地說：「我跟你說個故事……。」

「很久以前，有一個小男孩，差不多跟你一樣大吧！家裡很窮，幾乎沒飯吃。

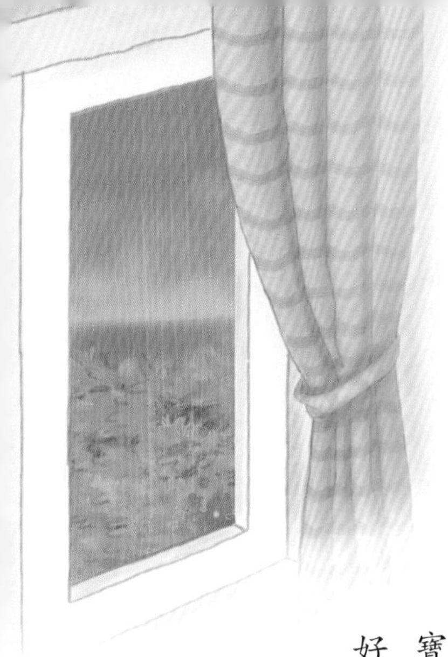

「家裡只靠爸爸打零工，媽媽長期營養不良，身體自然不好，加上受不了親戚鄰居的嘲笑和輕視，總是鬱鬱寡歡，後來就生病過世了。

「後來，爸爸去一個有錢人家幫忙，意外被他知道有錢人家的祕密。回來後，他跟兒子說，老天爺終於眷顧他了。有錢人跟他說，祖先留了一大堆的寶藏，要找他一起去帶回來，找到寶藏後會分給他。」

阿塗說到這裡，停了下來，池印發覺，他哽咽得說不出話來。

「那個爸爸很傻吧！可是，他是真心這麼期待的，他想彌補死掉的妻子，讓兒子過好日子。

「窮爸爸真的去尋寶了，還果真讓他們找到藏寶的地方。窮爸爸以為自己要轉運了，滿心計劃美好未來。可是，箱子還來不及打開，竟然發現山在震動，發出轟隆隆的聲音。接著大石頭一顆一顆掉下來，窮爸爸卡進石縫中逃過一劫，可是亂石卻砸中有錢人的腦袋，他當場倒下，一動也不能動了。

「窮爸爸被嚇呆了。他以為是有錢人找外人入山尋寶，祖先發怒，所以用大石頭砸死他。顧不得眼前還沒打開的寶物箱，他連滾帶爬逃出山洞。

「後來窮爸爸才知道，根本不是祖先顯靈，而是發生了百年以來的大地震，死了很多人。進山洞尋寶前，有錢人跟他說過，這是家族不外傳的祕密，要他發誓不可以對別人說起。他擔心，自己是唯一知道藏寶地點的人，萬一被人知道了會遭遇不測，所以他不敢把有錢人被砸死的事情告訴任何人。」

阿塗轉頭看著池印問：「如果是你，你會怎麼做呢？」

池印想也不想就說：「我會去把寶藏搬回來。」

阿塗點點頭，像是預料到他會這麼說。「沒錯，窮爸爸也是這麼想。不過回來後，他生了一場重病，沒有機會再回去搬寶藏。他把這個祕密告訴兒子，畫下寶藏地點後，病重不治過世了。」

池印覺得那孩子的遭遇真可憐，便問說：「那孩子呢？」

「那個孩子很爭氣，拚命唸書，靠著老師的幫助，順利上了大學，畢業後還到學校教書。可是不管到哪裡，他都把爸爸留的藏寶圖帶在身邊。運氣更好的是，他遇上了一個溫柔又純真的千金小姐，跟著他搬到月芽灣。」

池印聽到這裡，像被通了電流，全身戰慄。他盯住阿塗，像看到鬼魂似地，猛然起身，退後幾步，反覆說：「不可能！不可能！」

「你猜到了？」阿塗嘆了口氣。

池印看著他，同情地問：「為什麼會變成這樣？」

阿塗撫摸臉上的傷疤，顯得很痛苦。

「為了尋寶，我搬來月芽灣教書，想就近勘查地形。阿香也離開從小生長的地方，跟著我來到月芽灣。雖然擁有藏寶圖，不過尋寶的工作卻沒有想像中簡單。因為大地震過後，落石堵住洞穴，想爬進山洞裡，幾乎不太可能。

「我從來沒碰過炸藥，反覆做過很多次試驗，確認可以成功後，帶了炸藥和工具，前後去過幾次，到最後終於可以爬進洞裡。最後這次，我摸到一面人工砌起來的牆壁，底下都被大石塊堵住了，我猜裡面應該就是放藏寶箱的山洞，於是我用炸藥想把水泥牆炸開。」

盤坐著的阿塗，把拳頭攢得緊緊的，像在壓抑很大的痛苦。「這幾年我一直想不透，到底哪裡出錯了，我明明把爆炸時間和躲避的路線算好了，炸藥一炸開，我往上跑，沒想到居然有大石頭滾下來擋住我的去路，匆忙間我無處閃躲，就被炸藥炸傷了。我痛得翻滾掙扎，從石階滾落暈了過去。」

等阿塗稍微平靜下來，池印轉身問他：「是張同學害的對嗎？」

「唉，這是命運。事後他回去查看，誤以為洞穴中的屍體是我，以為自己害死我，良心不安，才會那麼愧疚。他想幫我照顧凝香，卻弄巧成拙，反而造成她的困擾。」阿塗搖頭，笑得很淒涼。

「醒來時我聞到很強的燒焦味，摸到自己的臉爛糊糊的，不知道自己變成什麼樣子。這個傷太突然了，讓我不知道該怎麼辦。萬念俱灰之下，就想放棄一切。可是又想

到，如果我真的殘廢了，洞穴中的財寶還可以讓阿香母女過日子。

「於是我忍著痛，一階一階爬進山洞裡。費盡力氣撬開鐵鍊鎖住的箱子，沒想到，伸手一摸竟然都是潮濕結塊的粉末。一連幾個，狀況都是一樣。當時的我萬念俱灰，整個人又暈了過去。應該有好幾天吧，我和有錢人的屍體一起待在洞裡，時而昏睡時而清醒。

「不知道過了多久，才慢慢甦醒，但是全身高燒發燙，像火球那麼燙。想到千辛萬苦居然找到一堆泥土粉末。現在又變成這副模樣，會加重阿香的負擔，而且喜兒也會因為我這樣被人家笑吧。一時也沒有細想，就把皮夾塞在那個屍體上，把鞋子換給他穿，想讓所有人以為我死了。」

「唉！」阿塗無限感慨地說：「後來想想也不對。如果要人家以為我死了，應該把皮夾鞋子丟到溪邊，讓別人找到，而不是藏在山洞裡，害阿香等了這麼多年。可是我當時已經六神無主，哪能想到這麼多？」

阿塗說著，彷彿重回當時的恐怖情境，摀著臉，痛哭失聲。池印伸手拍拍他的肩，不知該說什麼。

過了一會，阿塗又繼續說：「後來我走了爸爸當年逃走的那條路，直接跳入海裡。心想死了最好，沒想到漂浮好幾天，竟然活著上岸。不知道要去哪裡，最後不知不覺到了廟裡。」

池印恍然大悟，難怪每次他跟惜安聊學校的事情，阿塗都很關心。現在回想起來，有些奇怪的事情，現在都變得可以解釋了，包括喜兒家門口常常收到的無名禮物。

阿塗閉上眼睛，雙手在胸前交握，像在祈禱：「如果上天可以給我一個機會，回到以前，我會放棄尋寶，就算粗茶淡飯，只求能讓我有機會可以好好陪伴她們母女倆。」

夜深了，看著黑夜裡浮沉海上的漁船。池印憐憫地看著他問：「你現在打算怎麼辦呢？」

阿塗低著頭，拿出一個信封遞給池印，下定決心說：「我該面對現實了，逃避反而讓我們更痛苦。幫我把這封信交給她好嗎？」

24 廚房裡的想像畫

一整夜，池印幾乎無法闔眼。天一亮，他就急忙起身，迫不及待想把信送給凝香。顧不得外頭下雨，他急急往外衝，連雨衣都沒穿，像在參加百米賽跑。

喜兒恰好把木門打開，池印朝還暗著的餐館裡探頭，小聲地問：「阿姨還沒起床？」

大清早看到池印，喜兒嚇了一跳，說：「下雨了。快進來吧！」

微微的天光從窗戶照進來，清晨的餐館很安靜，像被覆蓋在朦朧的灰色紗罩裡酣睡著。

池印跟著喜兒上樓，凝香臉朝裡面躺著。

「媽……」喜兒輕輕叫喚著。

凝香轉過身坐起來，雙眼無神，蒼白的臉還殘留著淚痕。池印把信遞過去，凝香瞄了一下信封，瞬間像被電殛到了似地，突然睜大眼睛，急急把信拆開。

喜兒呆立一旁看著池印，池印慌忙轉身下樓。

喜兒看媽媽專注看信不理睬她，又急著想知道發生什麼事，於是下樓想找池印問個究竟，沒想到池印已不見蹤影。

凝香辨認出信上的字跡，是亭丰的。困惑的她，緊鎖眉頭讀信，信的內容是他多年來不敢相見的煎熬以及對她和女兒的思念。

凝香全身顫抖看完那封信，看完一遍，再看一遍，直到信中的字跡都被淚水浸濕模糊了。

她在床上輾轉反側，直到電話鈴響起。她心裡一驚。緊張不安地接起電話，是楊警官打來的。她頓時痛哭失聲，無法說話，楊警官在電

話那頭安慰她，說那具屍體可能不是楊亭丰，還要等最後鑑定，請她節哀。她無力地放下聽筒，蹲在電話邊顫抖著。

聽到母親的哭聲，喜兒急急跑上來，凝香什麼話也說不出來，啜泣著把信遞給她。喜兒努力辨認被淚水模糊的字跡，然後盯著媽媽床頭的照片看。照片裡有以前的爸爸，英挺開朗。她想到那天在廟裡廚房看到的阿塗，兩相比對，感覺像在作夢。

喜兒擦拭淚痕，拉媽媽起身，「我們去廟裡接爸爸回家。」

凝香又驚又喜地問：「妳不害怕嗎？妳說過，他的臉很恐怖？」

斗大的眼淚從喜兒臉上滾落下來，說：「想到這麼恐怖的臉竟然是爸爸的臉，我覺得好難過。這幾年他一定過得很寂寞。」說到這裡，她哽咽地說不下去。

凝香把她抱在懷裡，喃喃自語，「這幾年我每天祈求，只求能見他一面，終於被我等到了。可是想到他寧願躲，我就恨他氣他可是又心疼他，臨到這一刻，我不知道該怎麼面對他？」

直到夜色籠罩整個房間，凝香還沉浸在回憶中，不知如何是好，懷裡的喜兒已經睡著了。凝香讓喜兒躺下睡好，自己卻毫無睡意。

她走到窗前，掀開窗簾，出神地看著夜空。突然間，她看到有個黑影駐足在餐館對面的電話亭前面，一動也不動地朝這裡看。

她心中一驚，仔細辨認，沒錯，那是阿塗，也是她的先生亭丰。她的心情很複雜，驚喜中還有憤怒和委屈，腦海中轉過千萬種懲罰他的念頭，她想把這幾年累積的淚水全部倒給他，但是心中又有萬般不捨，非常矛盾。

兩人就像雕像似地定住不動，許多往事，有苦痛有甜蜜，都在相互凝望中漸漸被勾起。當晨曦透過窗簾縫隙照進來時，凝香已經確認了一件事，她要亭丰回家。

她照著鏡子，把頭髮梳好，不安地走下樓，推開餐館的木門，朝對面的電話亭走去。

亭丰的表情很驚喜，隨即又低下頭去不敢看她。凝香撥開他的頭髮，輕輕撫摸他臉上的傷疤。

亭丰想開口卻又哽咽，停了好一會兒才說：「我常常站在這裡看著妳們，覺得跟妳很近很近，卻不能跟妳相見，忍不住就撥了電話給妳，聽到妳的聲音很高興，但是又不知該說些什麼。」

凝香聽了心酸，「那些不出聲的電話，就是你。」看著等待已久的先生，幾乎毀容的悽慘模樣，她的心有如刀割，抽痛不已。

「妳……辛苦了。」亭丰泣不成聲地說：「這幾年，我就像個行屍走肉。不敢見妳，是不想耽誤妳，也怕喜兒覺得丟臉，愈逃避就愈沒有勇氣。」

凝香深情看著他，黑白交雜的頭髮凌亂披散著，白髮多過黑髮，這幾年他吃了很多苦吧。她牽起他的手回餐館，走進廚房，指著牆上說：「你看，這都是女兒幫你畫的。」

亭丰走近一看，伸出手想摸摸牆上的畫，可是又怕弄髒似地把手縮回來，他眼裡泛著淚光，像在欣賞什麼寶物，心中百感交集。

兩人在廚房裡傾訴思念時，喜兒已經醒來，躡手躡腳走到樓梯口，偷偷看著媽媽和阿塗，不對，是爸爸。看到兩人親密互動，有種奇怪的感覺。她悄悄回到房間，拿了爸爸的照片，再坐回廚房門口。一邊偷看爸爸，一邊對著照片，說不出的滋味在心裡翻攪。

凝香瞥見躲在門外的喜兒，招手要她進來，她卻磨磨蹭蹭，始終不過來。凝香憐惜地看著她，嘆口氣說：「這孩子半夜就想去接你，現在看到你，卻反而躲得遠遠的。」

亭丰搖頭，慚愧無言。等了許久，喜兒慢吞吞地走到亭丰前面，亭丰緊緊抱住她，這一刻他等待了快十年，無論用任何寶藏來交換，他再也不會放棄這樣的幸福了。

25 珍貴的寶藏

凝香一早就非常忙碌。除了準備亭丰愛吃的菜，為了日後生活工作和就醫治療方便，她得到亭丰的同意，打電話通知了管區的楊警官，要註銷亭丰失蹤人口的身分。楊警官跟凝香約了時間，怕記者糾纏礙事，他要親自過來了解究竟。

喜兒一早就跟著媽媽忙碌著，偶而抬頭看到牆上的畫，想到這些想像畫竟然要成真，感到不可思議。她怎麼畫都沒有想到阿塗竟然就是爸爸。

亭丰換上昔日的舊衣服，感覺熟悉的溫暖，他仔細看著自己的家。

以前熟悉的家，改成餐館以後就不曾進來過，他聞著廚房傳來的香味，是馬鈴薯燉肉，自己最喜歡的一道菜，他想念很久了，沒想到這輩子有機會能再嚐到。

中午客人上門吃飯，看到阿塗，都覺得有點訝異。阿塗安靜坐在角落，沒有起身幫忙，他怕自己會嚇到客人。他看到凝香和喜兒忙進忙出，心中不捨又佩服。

木門叮叮噹噹被推開，楊警官帶著廟公老姜一起進來。老姜已經從楊警官那兒得知詳情，雖然驚訝，也很欣慰這對歷經艱苦的夫妻能夠重逢。

亭丰看到老姜，急忙拉著凝香上前，他激動得想跪下來道謝，卻被老姜拉住了。

凝香含淚看著老姜，他是亭丰的恩人，收留亭丰這麼多年，她有無限的感激，卻不知如何表達，只是緊抓著他的手，紅著眼眶不停點頭道謝。

老姜是個見慣人生風浪的老人了，一切都明白。他輕輕拍著亭丰的肩膀，鼓勵他要好好過日子。

突然間，木門的鈴鐺又響了，進來的人是卓明非和卓穎。卓明非走上前，熱情地跟亭丰握手，因為他懷疑洞中運出的遺骸就是自己的父親，想來了解狀況。

亭丰看著他，覺得像在哪裡看過，又想不起來。楊警官說他是圖書館的負責人，他才猛然想起。

「這幾年我過得很慌亂，所以也沒辦法處理你父親……，不對，洞中的屍……嗯，其他的事情。」亭丰覺得直接說出屍體就是卓明非父親，好像不太禮貌，反覆斟酌，所以才結結巴巴。

卓明非點頭表示理解，再問說：「你有沒有想過，為什麼箱子裡裝的是粉末呢？」

亭丰回答說：「我查了資料，裡面裝的可能是香料。」

「香料？就是我用來煮菜的香料，胡椒、肉桂、八角？」凝香隨口唸了一串廚房調味架上的香料名稱。

「嗯。」亭丰點頭。根據他查到的資料，四五百年前，香料非常昂貴。在當時，香料不僅是是調味品、防腐劑，也有醫療功能，是價值連城的經濟商品。對歐洲人來說，要取得這些香料並不容易，成本很高，因為香料來自遙遠的印度群島。

那時候香料買賣是以顆粒來計算，用秤珠寶的精密小秤來秤胡椒，以求分毫不差。香料可以用來買房買地還可以當嫁妝，幾乎跟黃金等價。當時他們要秤胡椒粉時，還要把門窗關緊，怕胡椒粒被風吹跑了。

凝香在一旁聽得都傻了，單是今天的菜，幾乎就用掉五分之一罐的胡椒粉，想想自己真是浪費。

卓明非在一旁點頭，順口補充幾句，「以前常為了爭奪昂貴的香料而發生戰爭，當時有名的探險家麥哲倫率領五艘船和兩百多名水手組成西班牙船隊，經過無數的危險，三年後只剩下一艘船和十八名水手生還，連船長麥哲倫都殉職了，只帶回了五十磅的丁香，卻讓西班牙國王非常高興。可見當時香料的昂貴，不只比黃金貴，還比人命貴。」

「所以，那些結塊的粉末就是當時珍貴的香料？」楊警官有點啼笑皆非。

「應該是，因為時間過久加上潮濕發霉都壞掉了。」亭丰有點難堪地說：「當初擱淺的那艘船，應該是從歐洲運了白銀鐵器來東南亞交易，交換了香料要返國，半途遇到颱風，意外漂流到月芽灣。沒想到當時比黃金還貴的香料，因為現在普遍種植，已經變成很日常的調味品。」

木門又叮叮噹噹響起，看到池平父子站在餐館門口，喜兒跑過去迎接，熱情地說：「池伯伯，恭喜你平安健康回來。」

池平看到卓明非和老姜都在，連忙上前招呼。卓穎看到池印甜甜一笑，池印害羞地點頭，臉都紅了。

池平不好意思地解釋，自己貪圖奇石美景把大石頭運回去，如今知道這塊石碑牽涉重大，願意物歸原主。

卓明非聽了大笑，說：「就讓你保管吧！那塊石碑丟在河床那麼久都沒人注意，只有你慧眼惜物。所謂寶物就要被懂價值的人珍藏，放在我這種人身邊就失去意義了。」說完走上前跟亭丰握手告辭，「這幾年真是辛苦了。把爸爸的遺體接回來以後，至少可以彌補我一點點的愧疚。以後有什麼打算嗎？」

亭丰摸摸自己的臉，不太確定地說：「先看看醫生怎麼說。其他的，再慢慢打算。」

「圖書館很需要人手。」卓明非拿起桌上的咖啡一飲而盡，「大嫂，咖啡煮得真不錯。聽池印說，妳的菜非常棒！怎麼樣，到鎮上開家餐館吧，我可以提供場地和幫手，先生可以就近在鎮上的醫院治病，一邊在圖書館裡幫忙。」

看到卓明非的熱情邀約，亭丰緊握他的手，感動得說不出話來。

看到卓穎要離開，池印有些依依不捨。趁著大人們道別寒暄，卓穎悄悄走到池印身邊，提醒他要記得來圖書館牽腳踏車。池印微笑看著她，心想他明年到鎮上念中學，或許可以和她當同學。

已近黃昏，客人都已經告辭。營業九年的餐館，在男主人回來的這天，難得休假了。

亭丰履行當年的承諾，帶著妻女到月芽角去散步。這個地方他們來過很多很多次了，但是今天的感覺特別不一樣。

亭丰感慨地說，月芽灣的遭遇讓他失去很多東西，雖然生命不能重新再來，受過的傷害無法完全復原，不過他確認了什麼才是值得用生命珍惜的寶藏。

「我們一直住在月芽灣好嗎？」喜兒仰頭看雲彩變幻的天空，開心地牽著爸媽的手。

「好啊，我怕你長大出去唸書，看到外面的繁華世界就不想回這裡了呢！」亭丰看著凝香，兩人相視而笑。

「才不會呢！」喜兒嘟著嘴說。他們在月芽角坐下來，看著被霞光

映照成金黃色的海面，遠方有漁火點點，感覺像在作夢般的幸福。

喜兒窩在爸爸懷裡，挽著媽媽的手，輕輕哼著：

有什麼等在遠方？我的夢在遠方。
有什麼等在遠方？我的他在遠方。
在幽靜的月光下，我想乘著歌聲的翅膀，去尋找我的夢和我的他。

稚嫩的嗓音，像雲霧般輕盈飄散，柔柔暖暖地迴盪在月芽灣的冬夜裡。

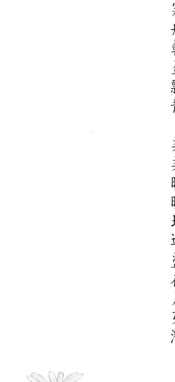

25 珍貴的寶藏

作者簡介

鄭淑麗

花蓮人，台灣大學社會學研究所畢業，目前在慈濟大愛電視台擔任企編。

職場生涯中轉換過很多工作，不過做得做開心也最久的工作，往往都和寫作有關。曾出版過《打開情緒WINDOW》一書。

《月芽灣的寶藏》是首次嘗試青少年文學的創作。小時候喜歡看的故事，直到長大後，還經常在腦海裡回味，成為童年回憶中的幸福片段。

她期盼自己的作品也能有這樣的力量，讓讀者們感受到溫暖和勇氣，並且回憶起生命中美好的時刻。

繪者簡介

李月玲

復興美工畢業。高中時參加全國環境保護漫畫比賽獲高中組第二名，曾在《兒童日報》發表彩色連環漫畫「記得當時年紀小」；曾擔任宏廣卡通公司原畫師，現為專業插畫家。

• 我的心得 •

九歌現代少兒文學獎徵文辦法（摘要）

指導單位：行政院文化建設委員會
主辦單位：九歌文教基金會
協辦單位：九歌出版社有限公司

一、宗　旨：鼓勵作家創作少兒文學作品，以提升國內少兒文學水準，並提高少兒的鑑賞能力，啟發其創意，並培養青少年開闊的胸襟及視野，以及對社會人生之關懷。

二、獎　項：少年小說——適合十歲至十五歲兒童及少年閱讀，文字內容富趣味性，主要人物及情節以貼近少兒生活為宜。文長（含空白字元、標點符號）四萬至四萬五千字左右（超過即不予評選）。

三、獎　金：行政院文化建設委員會少兒文學特別獎：獎金二十萬元，獎牌一座。
評審獎——獎金十二萬元，獎牌一座。
推薦獎——獎金八萬元，獎牌一座。
榮譽獎若干名，獎金每名四萬元，獎牌一座。

四、應徵條件：

1、海內外華人均可參加，須以白話中文寫作。每人應徵作品以一篇為限。為鼓勵新人及更多作家創作，凡獲九歌現代少兒文學獎首獎者，三年內不得參加。

2、作品必須未在任何報刊發表或出版（參加本會徵文未入選之作品，亦不得重複參加）。獲獎作品之出版權歸主辦單位所有。初版四千冊，不付版稅，再版時可支定價百分之八版稅。

五、評　選：應徵作品經彌封後，即進行初審、複審、決審。評審委員於得獎名單揭曉時公布。

附記：本辦法為歷屆徵文辦法之摘要，每屆約於每年十月至翌年一月底收件，提供有志創作少兒文學者參考（所有規定，依各屆正式公布之徵文辦法為準）。

九歌少兒書房

書號	書名	作者	售價
	A0032第三十二集(全四冊)		680
125	逃家奇遇記	王　蔚	170
126	來去樂比樂	林書嫻	170
127	陽光叔叔	陳貴美	170
128	黃色蝴蝶結	黃麗秋	170
	A0033第三十三集(全四冊)		680
129	圖書館精靈	林佑儒	200
130	泰雅少年巴隆	馬筱鳳	170
131	基因猴王	王樂群	170
132	貓　女	劉碧玲	170
	A0034第三十四集(全四冊)		680
133	花糖紙	饒雪漫	170
134	年少青春紀事	王文華	200
135	我家是鬼屋	陸麗雅	200
136	一樣的媽媽不一樣	梁雅雯	200
	A0035第三十五集(全四冊)		680
137	有了一隻鴨子	呂紹澄	200
138	阿樂拜師	蘇　善	170
139	藍天鴿笭	毛威麟	170
140	米呼米桑・歡迎你	王俍凱	170
	A0036第三十六集(全四冊)		720
141	剝開橘子以後	劉美瑤	200
142	紅眼巨人	彭素華	180
143	在地雷上漫舞	姜天陸	180
144	流星雨（童書版）	林杏亭	180
	A0037第三十七集(全四冊)		800
145	珊瑚男孩	柯惠玲	200
146	尋找小丑族	史冀儒	200
147	莞爾的幸福地圖	饒雪漫	200
148	變成松鼠的女孩	陳　維	220

書號	書名	作者	售價
	A0038**第三十八集**（全四冊）		**800**
149	阿西跳月	劉翰師	200
150	老樹公在哭泣	謝鴻文	200
151	拉薩小子	雪　涅	220
152	神祕的白塔	劉美瑤	200
	A0039**第三十九集**（全四冊）		**880**
153	他不麻煩，他是我弟弟	陳三義	220
154	網站奇緣	劉美瑤	220
155	女籃特攻隊	王文美	220
156	天使帶我轉個彎	呂淑敏	220
	A0040**第四十集**（全四冊）		**880**
157	我的麗莎阿姨	鄭丞鈞	220
158	走了一個小偷之後	李慧娟	220
159	變身魔法石	陳維鸚	220
160	我們這一班	雪　涅	220
	A0041**第四十一集**（全四冊）		**920**
161	帶著阿公走	鄭丞鈞	230
162	金鑰匙	姜子安	230
163	歡迎光臨幸福小館	蔡聖華	230
164	紐約老鼠	陳韋任	230
	A0042**第四十二集**（全四冊）		**920**
165	夢與辣椒	黃少芬	230
166	我的神祕訪客	李慧娟	230
167	神祕島	孫　昱	230
168	凹凸星球	蘇　善	230
	A0043**第四十三集**（全四冊）		**920**
169	台灣炒飯王	鄭宗弦	230
170	爺爺的神祕閣樓	游乾桂	230
171	不要說再見	黃秋芳	230
172	含羞草	陳三義	230

九歌少兒書房 173

月芽灣的寶藏

定價：230元・第44集　全套4冊920元

著　　者：鄭　淑　麗
繪　　圖：李　月　玲
美術編輯：紀　琇　娟
責任編輯：鍾　欣　純
發 行 人：蔡　文　甫
發 行 所：九歌出版社有限公司
臺北市105八德路3段12巷57弄40號
電話／02-25776564・傳真／02-25789205
郵政劃撥：0112295-1
九歌文學網：http://www.chiuko.com.tw
登 記 證：行政院新聞局局版臺業字第1738號
印 刷 所：晨捷印製股份有限公司
法律顧問：龍躍天律師・蕭雄淋律師・董安丹律師
初　　版：2008（民國97）年8月10日
初版3印：2010（民國99）年10月10日

ISBN 978-957-444-522-6　Printed in Taiwan
書號：A44173

國家圖書館出版品預行編目資料

月芽灣的寶藏／鄭淑麗著，李月玲圖.--初版.
--臺北市：九歌, 民97.08
面；　公分. -- (九歌少兒書房; 第44集
；173)

ISBN 978-957-444-522-6 (平裝)

859.6 97012624

九歌少兒書房